Sont parus dans cette collection :

MOBY DICK

d'après Herman Melville

Adaptation de Denis Riguelle
Illustrations de Patrice Baffou

Editions HEMMA

Chapitre I

DEUX AMIS
POUR UNE CHASSE A LA BALEINE

Je m'appelle Ishmaël. Je suis un drôle de bonhomme. Lorsque je me sens las, fatigué de tout, lorsque la vie dans les grandes villes me pèse sur l'âme, au lieu de faire du scandale, de bousculer les gens en signe de mépris ou de provocation, je décide de réaliser un petit voyage en mer. Là, au milieu des vagues et du vent, j'oublie mes malheurs et ma tristesse et je retrouve mon équilibre. Je suis heureux. Ah! la mer est pour moi un excellent médecin. Il n'y a pas que moi qui aime la mer. Tous les hommes sont attirés par l'eau et, d'ailleurs, tous les chemins mènent à des étangs, à des canaux, à des fleuves.

Inutile de vous dire que je ne m'embarque jamais comme passager. Ceux-ci doivent payer au capitaine le prix de leur transport ; moi, le capitaine me paie ! Je ne me suis embarqué, jusqu'à présent, que comme simple matelot, pour respirer, à mon aise, l'air pur du gaillard d'avant. Et voilà, je ne sais trop pourquoi, j'ai changé d'avis : je ne voyagerai plus en paquebot, mais sur un baleinier. J'ai envie de voir les baleines et les pêcher. Ce monstre m'a impressionné depuis toujours. Sa redoutable image n'a cessé d'être présente en moi. J'ai frémi à la pensée de l'approcher, de l'attaquer, lui, le géant semblable à une île vivante !

Et puis, la poursuite de la baleine m'entraînera vers la Patagonie, vers les mers froides du Sud ; je longerai des côtes inconnues. Ah ! que mon bonheur sera grand !

Et mon imagination me montrait déjà les baleines, couple après couple, nageant vers moi avec, au milieu de leur foule redoutable, la baleine blanche, le blanc fantôme de neige, le phénomène mystérieux : la baleine blanche que les marins redoutent, désirent, admirent...

Je plaçai deux chemises dans un vieux sac et me mis en route pour le cap Horn. Je quittai Manhattan et arrivai à New Bedford en espérant y trouver un bateau qui me conduirait à Nantucket, l'endroit historique où la toute première baleine avait été tuée. Le bateau n'était plus là. Le prochain courrier partait le surlendemain.

Ayant une nuit, un jour, et encore une nuit devant moi à New Bedford avant de m'embarquer pour ma destination, il devint nécessaire de réfléchir à la façon dont je dormirais et mangerais en attendant. C'était une nuit louche ! Non ! une nuit très noire, au froid mordant. Je ne connaissais personne. Anxieusement, je fouillai ma poche et en remontai juste quelques pièces d'argent : « Oh ! n'importe où que tu ailles, Ishmaël, me dis-je en me tenant au milieu d'une rue triste, mon sac à l'épaule et regardant la nuit de tous côtés, n'importe où que tu décides de loger cette nuit, mon cher Ishmaël, demande le prix surtout et ne sois pas trop difficile. »

A pas hésitants, j'arpentai les rues et je passai devant l'enseigne de *La Croix de Harpons*. Mais ça avait l'air trop coûteux et trop gai. Un peu plus loin, des fenêtres rouges de l'auberge de *L'Espadon*, sortaient des rayons si chauds qu'ils semblaient avoir fondu les paquets de neige et de glace devant la maison ; car, partout ailleurs, la neige formait un pavé lisse, épais de dix pouces, très fatigant pour moi, quand je butais du pied contre les pierres, les semelles de mes bottes étant dans un triste état. Trop cher et trop gai, pensais-je encore une fois, m'arrêtant un moment pour regarder le large reflet des lumières dans la rue et écouter le bruit des verres, là-bas à l'intérieur. « Mais, en avant Ishmaël, dis-je, à la fin, n'entends-tu pas ? Fous le camp de devant cette porte. Tes vieilles bottes bouchent le chemin. »

Je fis demi-tour et me dirigeai vers les docks. Je m'arrêtai devant une baraque en bois, toute branlante. L'enseigne qui grinçait m'apprit que le propriétaire de cette taverne s'appelait Coffin, c'est-à-dire «cercueil». Vu mon état d'esprit, je ne pouvais pas trouver mieux. J'entrai. J'aperçus d'abord, sur le mur du fond, un grand tableau dont le sujet retint mon attention. Au milieu d'un terrible chaos de couleurs, l'artiste avait dessiné un baleinier aux prises avec un gigantesque animal. Le trois-mâts désemparé allait peut-être empaler le monstre déchaîné?

Au pied des murs s'entassaient des lances, des harpons, des massues effrayantes... Je poussai plus avant et pénétrai dans une salle commune, sombre et crasseuse. Je vis, avec stupéfaction, que l'os de la mâchoire d'une baleine encadrait le petit bar sur lequel s'alignaient des bouteilles contenant les pires boissons alcooliques.

Je me dirigeai vers le patron et lui dis que je voudrais bien avoir une chambre, mais il me déclara :

— C'est plein, mon gars. Pas un lit... Mais attendez donc, ajouta-t-il, en se tapant le front ; vous verriez un inconvénient à coucher avec un harponneur ? Vous allez bien à la pêche à la baleine ? Alors un peu plus tôt, un peu plus tard ! Faut bien vous y faire !

Je lui répondis que je n'aimais pas dormir à deux dans un lit, mais enfin que si j'y étais obligé, puisqu'il n'y avait vraiment pas d'autre lit, il faudrait que je connaisse ce harponneur. Si ce harponneur était un type normal, alors, plutôt que de vagabonder encore dans cette ville étrange, par une si mauvaise nuit, je m'accommoderais de la moitié de sa couverture comme de celle de n'importe quel honnête homme.

— Alors, ça va, dit-il. *All right.* Asseyez-vous. Vous soupez ?... Vous voulez souper ? C'est prêt tout de suite !...

Je me mis à table pour manger et, sur ces entrefaites, entra un groupe de marins assez bruyants. J'appris qu'ils arrivaient des îles Fidji.

Un d'entre eux, un gaillard de forte taille plus calme que les autres, devait devenir mon camarade et courir les mers avec moi. Il s'appelait Bulkington.

— Et mon harponneur, demandai-je au patron, rentrera-t-il bientôt ?

— Je ne sais, répondit-il, il a rapporté de Nouvelle-Zélande des têtes embaumées et il essaie de les vendre. Il est possible qu'il ait jeté l'ancre quelque part et qu'il ne rentre pas. Je vais vous conduire dans sa chambre.

Je me couchai. J'allais m'endormir quand la porte s'ouvrit et qu'un inconnu entra.

Une chandelle dans une main, dans l'autre la fameuse tête de Nouvelle-Zélande, l'étranger pénétra dans la chambre sans jeter un regard vers le lit ; il plaça la chandelle par terre, dans un coin, à bonne distance de moi, et se mit aussitôt en devoir de dénouer un grand sac qui était dans la chambre. Je brûlais d'impatience de voir son visage ; mais, un bon bout de temps, il le tint détourné, occupé avec les nœuds de son sac. Enfin, il se retourna. Quelle vision, Seigneur ! C'était quelque chose de sombre, d'un jaune confinant au violet pourpre, avec, çà et là, de grands carrés noirâtres. Comme je l'avais pensé, c'était un terrible compagnon de lit !

Il tourna sa face vers la lumière et ôta son chapeau en feutre ; je faillis crier de surprise ! Pas un cheveu sur la tête, sauf une sorte de nœud tressé sur son front ! Cette tête chauve, pour lors tout empourprée, semblait un crâne en décomposition. Si cet homme étrange ne s'était tenu entre la porte et moi, je me serais sauvé en moins de temps qu'il n'en faut pour avaler une bouchée ! Un instant, j'envisageai la possibilité de sauter par la fenêtre, mais il y avait deux étages en dessous ! Je ne suis pas lâche, cependant ce masque pourpre de colporteur de têtes me dépassait littéralement. L'ignorance est mère de la peur. Je pouvais tout attendre et craindre de cet étranger. J'en avais peur comme si le diable avait sauté dans ma chambre au plus noir de la nuit. Dans la terreur, comment trouver le courage de lui adresser la parole pour savoir quelque chose de lui ?

Sur ces entrefaites, il avait fini de se déshabiller et se glissa dans le lit. A peine étendu, il se rendit compte de ma présence et se redressa. J'avais tellement peur qu'aucun son ne sortait de ma bouche.

— Qui diable vous être ? dit-il. Vous pas parler ? Enfer ! moi tuer vous...

— Patron, pour l'amour de Dieu ! hurlai-je, hé ! Peter Coffin ! Patron ! Gardien ! Coffin ! Anges du ciel, à moi !

— Vous parler, vous dire moi qui vous être, grogna de nouveau le sauvage, vous parler ou moi tuer vous.

Dieu merci! A ce moment, le patron entra dans la chambre, une chandelle à la main; alors, sautant du lit, je courus vers lui.

— Ayez pas peur, fit-il avec un sourire exaspérant, Queequeg ne touch'rait pas à un seul de vos ch'veux.

— Arrêtez de rire aussi bêtement, hurlai-je. Pourquoi ne m'avez-vous pas dit que c'était un cannibale?

— J'pensais qu'vous l'saviez. J'vous avais dit qu'il colportait des têtes en ville. Mais, allez!... Jetez l'ancre encore; dormez!... Hé, Queequeg, vous connaît moi, moi connais vous, hein? L'homme ici dormir avec vous... vous comprend?

— Moi comprends, grommela Queequeg. Vous entrer là-dedans, ajouta-t-il, faisant vers moi un geste et ouvrant la couverture comme un civilisé, et même très gentiment.

Je le regardai! Malgré ses tatouages, c'était somme toute un cannibale propre. Pourquoi ai-je fait tant d'histoires, pensai-je, cet homme est un être humain, tout comme moi, il a autant de raisons de me craindre que moi de le craindre. Il m'invita de nouveau poliment à entrer dans le lit et se poussa tout d'un côté comme pour me dire : « Ainsi je ne vous toucherai pas même d'une jambe. »

— Bonne nuit, patron, dis-je. Ça va comme ça.

Je me couchai et ne dormis jamais mieux de toute ma vie.

Le lendemain, Queequeg s'en alla un peu avant moi en emportant un harpon, avec lequel il s'était rasé, et une énorme pipe qui ressemblait à un tomahawk. Je le retrouvai à la table du déjeuner où il dévora une quantité appréciable de biftecks. Quel drôle d'homme !

Queequeg, malgré la laideur de son visage et ses tatouages diaboliques, m'était devenu sympathique. Il y avait en lui quelque chose de digne, de fier, et même de noble. Je devins son ami. Avec lui, je fumai la pipe de la bonne entente et rendis un culte à une sorte de petit fétiche que Queequeg portait constamment sur lui, comme un porte-bonheur. Queequeg jura qu'il était prêt à mourir pour moi, et je le crus. Il m'offrit une tête embaumée et me montra toute sa fortune — 30 dollars — dont il fit deux parts, une pour lui, l'autre pour moi.

Le soir, dans le lit, avant de nous endormir, nous parlions longuement. Il faisait froid au dehors, glacial même ; et nous étions heureux, bien au chaud dans notre chambrette. A présent, je comprenais le charabia de mon ami, et c'est ainsi que je pus savoir qui il était et d'où il venait.

Il était né dans l'île de Rokovoko, perdue au loin, dans le Sud. Son père était roi, son oncle était grand prêtre. Je n'oserais pas jurer que, dans son jeune âge, on ait donné à Queequeg quelques morceaux de chair humaine ! En tout cas, l'enfant voulut voir du pays et c'est ainsi qu'il aborda, après maintes aventures acceptées avec philosophie, aux rivages civilisés. Malgré la dureté de la vie, le fils du roi ne voulut pas retourner au pays de ses ancêtres, tout au moins pas tout de suite. Il ne se sentait plus capable d'assumer les devoirs de sa charge royale, mais un jour viendrait peut-être où, dégoûté des Blancs, il repartirait vers le Sud. En attendant, il se préparait à pêcher la baleine.

— C'est comme moi, m'écriai-je ! Unissons-nous ! A la vie, à la mort, jusqu'au bout du monde !

Et c'est ainsi que nous unîmes nos destinées. Queequeg avait beaucoup d'expérience. En plus de l'affection que je ressentais pour lui, il pouvait être très utile au novice que j'étais.

Le lendemain — c'était un lundi —, je vendis la tête embaumée, je payai avec l'argent de Queequeg ce que nous devions à l'aubergiste, puis, en poussant une brouette qui portait nos bagages, nous nous dirigeâmes vers le *Mousse*, un petit bateau qui faisait le service de Nantucket.

Vous dire que les gens ne se retournaient pas sur notre passage serait mentir, d'autant plus que nous étions d'excellente humeur. Queequeg me racontait son premier contact avec la brouette, quand il débarqua de son île. Ne sachant s'en servir, il y avait simplement arrimé son coffre, puis avait pris le tout sur son dos ! Je riais avec lui, aux éclats.

Bientôt nous fûmes installés sur le pont du scooner. Ah ! que le vent marin nous faisait du bien ! Nous respirions à pleins poumons la brise vivifiante du large et nous nous sentions déjà totalement transformés. Hélas ! notre bonheur ne dura pas : un homme de l'équipage vint grimacer derrière

Queequeg qui s'en aperçut.

L'homme fut empoigné, soulevé et lancé en l'air comme une balle. A peine revenu de ses émotions, il se mit à crier comme un fou qu'un cannibale avait voulu l'assassiner. Le capitaine arriva sur ces entrefaites, et interpella mon ami.

— Quoi qu'il dit? me demanda Queequeg.

— Il dit que tu as failli le tuer.

— Moi pas tuer lui. Lui trop petit.

Je me demande ce qui serait arrivé si, à ce moment, un violent coup de vent n'avait rompu une attache de la grande voile. Le bois, ou bôme, sur lequel se borde la voile se mit à battre le pont d'une manière terrifiante et l'homme qui s'était moqué de Queequeg fut envoyé par-dessus bord. L'équipage horrifié semblait pétrifié. Alors, on vit une chose extraordinaire. Queequeg se glissa sur le pont, rampa au péril de sa vie, parvint à saisir un filin et maîtrisa la bôme. On allait le féliciter lorsqu'il enleva sa veste et plongea dans la mer. Quelques minutes après, il réapparaissait en maintenant le corps inanimé du marin. On eut vite fait de les sauver tous les deux.

Queequeg fut félicité et personne ne pensa plus à le taquiner. Lui restait impassible. Il demanda de l'eau fraîche pour se laver de tout le sel dont il était couvert, puis il bourra sa pipe-tomahawk et resta, rêveur, accoudé au bastingage. J'étais fier de lui et je l'aimais plus encore qu'avant.

Lorsque nous arrivâmes à Nantucket, notre premier souci fut de chercher un logement. M. Coffin, le tenancier de notre premier hôtel, nous avait recommandé un de ses cousins, Josué Hussey, patron d'une auberge bien tenue. Il ne nous fut pas facile de le dénicher, mais nos efforts furent récompensés. La maison était accueillante et la soupe de poissons, une vraie merveille. On nous en servit même au petit déjeuner. D'ailleurs, dans Nantucket, tout sentait ou avait un goût de poisson, même le lait. Une seule ombre au tableau : Queequeg ne put emporter son harpon dans notre chambre. Il dut le laisser en bas. Depuis qu'un voyageur s'était grièvement blessé, la patron exigeait qu'on laissât les armes dangereuses au vestiaire...

La nuit fut bonne. Au matin, Queequeg m'annonça que son fétiche, qu'on appelait Yojo, lui avait dit que je devais aller seul à la recherche d'un bateau sur lequel nous pourrions nous engager. J'eus beau protester, il n'y eut rien à faire. Pendant que Queequeg adorait Yojo, en l'entourant de la fumée des petits copeaux enflammés, je visitai le port et m'arrêtai devant un bateau qui portait le nom d'une ancienne tribu indienne du Massachusetts : *Péquod*.

Jamais je n'avais vu un bâtiment aussi bizarre. Il était couvert, garni, incrusté d'ornementations pour le moins étranges : des dépouilles, des os, des arêtes d'animaux capturés. La barre du gouvernail n'était que la mâchoire inférieure d'un cachalot de bonne taille. Sur le gaillard d'arrière, j'aperçus une sorte de tente pointue, une sorte de cône formé par les fanons cornés d'une baleine. Dans cette tente originale, se trouvait un vieux monsieur dont le visage me parut extraordinairement ridé.

— Etes-vous le capitaine du *Péquod* ? dis-je. Je désirerais m'enrôler.

— Eh, Eh ! Connais-tu le métier ?

— Absolument pas, mais je veux voyager... et pêcher la baleine.

— Eh, Eh ! Moi, je suis le capitaine Peleg, mais connais-tu le capitaine-commandant Achab ?

— Non.

— Il y a encore le capitaine Bildad.

— Je ferai leur connaissance.

— Le capitaine Achab n'a plus qu'une jambe, l'autre a été dévorée par un cachalot monstrueux. Cela ne te fait pas peur ?

— Non, pas du tout.

— C'est bien, tu m'es sympathique. Je t'engage. Viens dans la cabine du capitaine Bildad, nous y signerons les papiers.

Le capitaine Bildad était assis sur une caisse lorsqu'il nous reçut. C'était un vieux loup de mer qui, parti de rien, était arrivé où il était, à force de courage et d'entêtement. On ne lui reprochait qu'une chose : il était avare et détestait la paresse au point de traiter ses subordonnés avec férocité. Il m'examina des pieds à la tête, puis dit simplement : « Cela ira. » Qu'allait-il me donner comme salaire ? Je pensais, comme il était de règle, que je recevrais le 1/275e du bénéfice de la pêche.

— Il recevra, dit Bildad, la 777e part !

Je tombai des nues ! Décidément, ce vieux grippe-sou n'avait pas volé sa réputation.

— Tu filoutes ce jeune homme, s'écria Peleg.

— La 777e part, dit l'autre.

— Je lui donne la 300e, dit Peleg.

— Jamais.

— Si.

Je crus que les deux hommes allaient en venir aux mains, mais il n'en fut rien et l'affaire fut conclue sur la base de la 300e part.

Lorsque j'annonçai que j'avais un ami pêcheur expérimenté qui désirait m'accompagner, ils me dirent de l'amener avec moi, le lendemain matin. J'aurais voulu saluer le capitaine Achab, mais il était malade, paraît-il. C'était un homme mystérieux, jurant et sacrant à l'occasion, mais bon comme le pain. Il était très instruit et avait parcouru toutes les mers du monde. De loin, j'étais attiré par lui. Je l'aimais déjà et, instinctivement, je sentais qu'il avait un secret que je connaîtrais peut-être un jour.

*
* *

Le lendemain, nous mîmes le cap, Queequeg — avec son harpon — et moi, sur le *Péquod*. D'aussi loin qu'il nous vît, le capitaine Peleg nous appela à tue-tête, mais ce fut une toute autre affaire quand Queequeg voulut monter à bord.

— Pas de cannibale ici, dit Peleg.

— Queequeg n'est pas un cannibale.

— Qu'il montre ses papiers. Je veux savoir si

ce fils des ténèbres s'est converti. Fait-il partie d'une église chrétienne?

Je répondis pour Queequeg, en citant des congrégations, l'Eglise de la première congrégation, la Première Congrégation du monde entier ; bref, je fus si éloquent que Bildad, qui était venu rejoindre Peleg, déclara :

— C'est assez parlé, jeune homme. Ce n'est pas à bord d'un baleinier que tu aurais dû t'engager, mais comme missionnaire dans quelque communauté religieuse... Quel sermon, mes enfants ! Au diable les papiers, que ton ami Quohog monte sur le pont. Oh, là, là ! Quel harpon il possède ! Sait-il s'en servir au moins ?

— Capt'n, vous voir li petit goutte goudron sur l'eau, là-bas ? Vous li voir ? Bon ! Pensez li une baleine œil, bon !

Le harpon siffla dans l'air, sa corde se déroula comme un serpent, et la pointe acérée creva la petite tache de goudron.

— Baleine, il est mort, dit Queequeg.

— Vite, cria Bildad, il nous faut ce Hoghog ou ce Quohig. Je n'ai jamais vu une adresse pareille. Qu'on signe les papiers d'engagement. Vite ! Je lui donne la dix-neuvième mise !

Tout marcha rondement et Queequeg, qui ne savait pas écrire, signa, en reproduisant sur le registre un des tatouages de son bras. C'était un étrange dessin circulaire qui ressemblait à une fleur à quatre pétales.

Nous étions heureux : nous étions engagés. Nous

n'avions pas encore vu le capitaine Achab. Je pensais à sa jambe perdue je ne sais exactement dans quelle circonstance. Qui était donc ce personnage troublant qui ne sortait pas de sa cabine? Mais, était-il à bord?

Chapitre II

DEPART SUR LE BATEAU
DU MYSTERIEUX CAPITAINE ACHAB

Deux jours passèrent. Le *Péquod* était une vraie fourmilière, car ce n'est pas une petite entreprise d'équiper un navire qui doit courir les mers pendant trois ans. Il en faut des affaires et des coffres, des cordages, des toiles, de la viande, du bois de chauffage, de l'eau, des barils, des lits, des marmites, des couteaux, des vivres ! Il ne s'agit pas d'un voyage de plaisance. Le navire qui doit livrer bataille risque de perdre ses armes, aussi se munit-il de lignes, de harpons de rechange, le tout en deux ou trois exemplaires, car il est impossible de se ravitailler dans les rares petits ports où l'on fera escale.

Le remue-ménage était grand, mais cela ne nous déplaisait pas de voir tout ce monde s'activer pour préparer une expédition à laquelle nous prendrions part.

Les fournisseurs et les marins allaient du pont du navire au quai, en un va-et-vient incessant. Nous aperçûmes même la sœur du capitaine Bildad qui vint plusieurs fois, chargée de colis. C'était une petite vieille femme que l'on appelait tante Charité. «Ces pauvres hommes ne doivent manquer de rien quand ils seront sur l'océan», pensait-elle. Et elle apportait aussi bien des pickles que de la flanelle ou des plumes d'oie pour le bureau du capitaine. C'était touchant de la voir s'affairant de tous côtés et donnant tout ce qu'elle possédait. Le dernier jour, elle monta sur le pont en brandissant une longue lance à baleine. Quelle brave femme!

Les capitaines Bildad et Peleg n'avaient pas un instant de répit. Bildad pointait, dans une liste interminable, tout ce qui défilait sous ses yeux. Quant à Peleg, il ne sortait de sa tente en fanons de baleine que pour crier après les hommes d'équipage. Il poussait de véritables rugissements qui faisaient trembler tout le monde et qui continuaient même quand il était rentré dans sa tanière.

J'eus la certitude que le capitaine Achab n'était pas à bord. On me dit qu'il allait mieux et qu'il rallierait le navire en temps utile. J'avais une sorte de petit malaise en pensant que j'allais partir, pour un long voyage, sous le commandement d'un homme que je n'avais jamais vu et qui serait mon maître absolu. Il n'y avait rien à faire et je me résignai. D'ailleurs le *Péquod* devait lever l'ancre le lendemain, dans la journée.

Le lendemain, nous arrivâmes très tôt au bateau. Tout y était calme et silencieux, comme si le navire eût été abandonné. Seul un vieux marin dormait à poings fermés sur deux coffres. Queequeg n'hésita pas, il s'assit sur le dormeur et alluma sa grosse pipe. Je crois que la fumée incommoda plus le dormeur que le poids de Queequeg. Il s'éveilla en reniflant et demanda :

— Qui êtes-vous ?

— Marins, dis-je. Quand partons-nous ?

— Aujourd'hui même, le capitaine Achab est arrivé.

Le vieux se leva et nous le suivîmes.

Le bateau, maintenant, s'éveillait lui aussi : marins et officiers allaient et venaient fébrilement. Seul le capitaine Achab ne se montrait pas. Tante Charité trouva encore le moyen d'apporter à bord une bible de rechange pour le steward et un bonnet de nuit pour Stubb.

— Tout est paré ? demanda le capitaine Peleg.

Puis, à tue-tête, Bildad cria une série de jurons. A l'autre bout du vaisseau, le capitaine Peleg en fit autant, en s'aidant de blasphèmes encore plus éloquents. Dans quel vaisseau du diable étions-nous tombés ?

Je m'étais assis un moment sur la barre du cabestan. Peu après, je ressentis un violent choc dans le bas du dos. C'était le capitaine Peleg qui, à sa manière, commençait, à coups de pied, mon instruction de marin. Et il criait, hurlait des mots et des noms que je préfère ne pas reproduire ici.

Doucement, nous gagnions le large. Le capitaine Bildad chantait des litanies et ne s'occupait de rien d'autre. Le service des deux pilotes que nous avions à bord était superflu. Le sloop qui nous avait convoyés vint nous accoster. Je compris, à ce moment, que Bildad et Peleg ne feraient pas le voyage avec nous. Le sloop allait les emporter avec les deux pilotes.

Et Bildad nous souhaitait bon temps, bon soleil, bonne pêche, bon séjour dans les îles... Peleg donnait ses dernières recommandations à Starbuck, à Stubb, à Flask, et fixait rendez-vous à tout le monde, dans trois ans exactement, dans le vieux Nantucket, autour d'une table bien garnie.

Quand Bildad et Peleg sautèrent dans le sloop — qui s'éloigna vers le port, tandis que nous nous élancions dans l'immensité de l'océan —, nous avions tous le cœur serré.

A la barre, se tenait Bulkington, ce marin à la stature de géant que j'avais déjà vu dans l'auberge de Coffin. Il rentrait à peine d'une campagne de quatre années et, déjà, il répondait à l'appel de l'océan. Il repartait dans le froid terrible, ivre de liberté et d'aventures. Quel homme !

Nous voilà donc embarqués, Queequeg et moi, dans une expédition dont quelques personnes, quelques spécialistes seulement, connaissent les détails.

D'abord, sachez qu'il faut un courage très pur pour oser affronter la colère du cachalot, un courage d'une tout autre sorte que celui qui consiste à monter stupidement à l'assaut d'une quelconque position sur un champ de bataille. Et d'un ! Grâce aux baleiniers, des îles, des territoires, des caps, des golfes furent découverts. Les baleiniers ont ouvert la route à la civilisation et cela, sans aide, sans appui, sans orgueil. Et de deux !

Rappelez-vous ce que dit de la baleine le prophète Jacob, rappelez-vous qu'une loi anglaise la nomme « poisson royal ». Moi, je comprends qu'on ne se découvre pas devant un tsar, mais qu'on salue bien bas un Queequeg ou celui-là qui a inscrit plusieurs centaines de baleines à son tableau de chasse. Et si, aujourd'hui, j'ai quelque mérite à écrire, c'est au baleinier que je le dois, car il fut mon collège et ma Sorbonne. Puisque nous allons jouer une grande scène sur le théâtre de l'océan, il faut que je vous présente les acteurs.

Starbuck, officier en second, grand, long, maigre. Il résistait aussi bien aux chaleurs tropicales qu'au froid du pôle. Il était fait pour durer mille ans, et d'ailleurs il avait l'aspect d'une momie ressuscitée. « Il faut avoir peur des baleines, disait-il. Quand on les craint, on estime le danger auquel on s'expose. »

Il y avait encore Stubb, le lieutenant, paisible, indifférent, calme même aux moments les plus tragiques. Il lui arrivait de chantonner en luttant contre une baleine furieuse ! Et sa pipe ne le quittait jamais : jour et nuit, il fumait. Dans sa cabine, des pipes bien bourrées étaient toujours à sa disposition.

Il ne faut pas que j'oublie le second lieutenant Flask, trapu, rude, ennemi mortel des baleines. Son surnom était « Gros-bois » (le gros-bois protège la coque du navire contre les chocs causés par la glace).

Starbuck, Stubb et Flask commandaient chacun une des trois baleinières du *Péquod*.

Starbuck avait pris Queequeg comme harponneur. Un Indien, nommé Tashtego — longs cheveux, pommettes saillantes, grands yeux, corps fin et souple —, était le harponneur du lieutenant Stubb. Le petit Flask avait choisi Daggoo, un Nègre gigantesque qui faisait penser à un lion. Il portait à ses oreilles de grands anneaux d'or et sa force était redoutable. Nous avions encore à bord, parmi l'équipage, Pip, un jeune Nègre un peu simple.

Plusieurs jours après notre départ, nous n'avions pas encore aperçu le capitaine Achab. Tout allait bien à bord où l'on sentait que les trois officiers obéissaient aux ordres que leur donnait cette autorité cachée. Je ne cessais de penser à ce capitaine mystérieux et cela tournait à l'obsession. Un jour, j'arrivai sur le pont pour prendre mon tour de garde. Je frissonnai des pieds à la tête : un inconnu était là ! C'était le capitaine Achab ! C'était un être effrayant qui semblait avoir été sauvé des flammes, tant son corps paraissait calciné. Une terrible cicatrice blanche coupait sa peau de bronze et allait de la tempe au cou. Sans doute continuait-elle sous les vêtements !

On aurait dit une effroyable marque laissée par la foudre, comme on en voit sur certains arbres. J'étais bouleversé, d'autant plus que le capitaine Achab s'appuyait sur une jambe blanche, une jambe d'ivoire taillée à même la mâchoire d'un cachalot. Et l'on avait foré des trous dans les planches du pont pour qu'il puisse y introduire le bout.

Le temps s'améliorant, on le vit plus souvent sur le pont. Il devint moins sombre. Il perdit, peu à peu, son allure de martyr et son regard s'adoucissait... Un jour, après avoir longtemps marché de long en large, il s'arrêta soudain et cria :

— Tout le monde à l'arrière !

L'ordre était extraordinaire, mais il n'y avait pas à discuter. Lorsque l'équipage fut réuni, Achab le passa en revue, puis il se mit à poser des questions.

— Que faites-vous quand une baleine est en vue ? Quel air chantez-vous ?

A chaque réponse, son visage s'illuminait. Tout à coup, il montra une pièce d'or, prit un maillet et la cloua au mât.

— Voilà, cria-t-il ; celui qui aperçoit une baleine blanche et la signale recevra la pièce d'or ! Pensez-y, mes garçons ! Elle a le front ridé et trois trous dans la queue.

— Ne l'appelle-t-on pas Moby Dick ? demanda

Tashtego.

— Elle a un drôle de souffle, ajouta Daggoo.

— Et beaucoup de fers tordus dans la peau, dit Queequeg.

— Oui, oui! hurla Achab. C'est elle! Vous la connaissez! Vous connaissez Moby Dick!

— N'est-ce pas elle qui vous a coupé la jambe? demanda Starbuck.

— Oui, c'est elle! C'est elle qui m'a fait infirme et malheureux. Mais je crie vengeance, dussé-je la poursuivre jusqu'en enfer.

— Oui, oui! crièrent les marins.

Seul Starbuck ne montrait aucun enthousiasme. Il prit même le parti de la bête, mais Achab sut trouver les mots qu'il fallait pour le décider à s'associer aux autres. Puis, Achab fit circuler des pots d'eau-de-vie qui achevèrent de mettre l'équipage en folie. On n'entendait plus que des cris sauvages.

— Jurons la mort de Moby Dick! A mort!... A mort, Moby Dick!

Starbuck était devenu pâle et frissonnait. Et moi, Ishmaël, j'avais hurlé, j'avais juré comme les autres, et pourtant j'étais épouvanté. D'autres qu'Achab avaient déjà attaqué le monstre blanc, mais leurs entreprises s'étaient toujours soldées par un échec, et Moby Dick était devenue un objet de terreur. En tout cas, sa réputation hantait l'esprit des baleiniers qui en arrivaient à la croire immortelle. Moby Dick avait pulvérisé des bateaux, agissant avec une sorte d'intelligence perverse.

Et un capitaine, lancé dans les remous de son

naufrage, n'avait pas craint de nager vers l'horrible bête et de l'attaquer avec son petit couteau ! Vous l'avez deviné, c'était Achab, ce capitaine. Il y avait laissé sa jambe et presque sa raison. Vous connaissez à présent un peu mieux ce vieillard qui était le chef d'un équipage qui partageait sa passion.

Chapitre III

PREMIERS CONTACTS
AVEC LES CACHALOTS ET...
PREMIERES EMOTIONS !

Ce jour-là, il faisait une chaleur étouffante. Les eaux étaient aussi sombres que le ciel, et les hommes se mouvaient sur le pont avec lenteur et indolence.

Je travaillais avec Queequeg. Nous fabriquions une sorte de natte pour notre embarcation et nous agissions un peu comme en rêve. Peu à peu, nous sombrions dans une douce somnolence. Tout à coup, nous sursautâmes. Un cri terrible venait d'être poussé par Tashtego qui se trouvait en vigie tout en haut du mât.

— Ah! Voilà! Ah! Ah! Ah! Là! Là! Là, je les vois... Toute une bande! Ils soufflent! Ils plongent!...

C'étaient des cachalots. Le navire s'arrêta. Puisque les monstres avaient plongé, on n'avait plus qu'à attendre leur retour. Le branle-bas était grand sur le bateau où tout était prêt pour le combat. Les trois baleinières se balançaient au-dessus des flots et les marins s'apprêtaient à y bondir.

Une chose étrange se passa, à ce moment crucial. Achab n'était plus seul! Cinq hommes inconnus, vêtus à la mode chinoise et jaunes de peau comme les indigènes de Manille, venaient de surgir on ne sait d'où et l'entouraient. Sans aucun doute, ils s'étaient cachés à bord. Leur chef, qui s'appelait Fédallah, était vêtu de noir et portait un turban étincelant de blancheur. Une longue dent lui sortait de la bouche.

Les cinq passagers clandestins s'occupèrent de la baleinière de rechange qui se trouvait à l'arrière, à tribord, et la mirent à flot. Bientôt, quatre baleinières s'égaillèrent sur la mer et prirent leur position de combat. Achab, tout droit à l'arrière de la baleinière de rechange, commandait les opérations qui commençaient dans l'enthousiasme.

— Allez, mes enfants! criait Stubb. Ne vous occupez pas des Chinois qui nous arrivent en renfort. Ne pensez qu'aux baleines. Hourrah! Ramez! Mettez votre couteau entre les dents et ramez à vous faire sortir les yeux de la tête!... Allez-y, mes jolis, mes enfants, mes poussins!... Allez-y!

L'arrivée soudaine des étrangers avait frappé l'équipage d'une crainte superstitieuse et le sombre Achab en devenait encore plus énigmatique. Sa baleinière s'était éloignée et chacun allait travailler pour soi.

Maintenant, les quatre embarcations s'étaient immobilisées, avirons en l'air, prêts à retomber à l'eau si l'ordre en était donné. Chaque baleinière avait son guetteur, mais les baleines restaient toujours invisibles. Stubb avait bourré sa pipe et s'apprêtait à la fumer paisiblement et patiemment lorsque la voix de Tashtego nous fit tous frémir :

— Les voilà ! Les voilà ! En avant !

En effet, une légère buée faite des bouffées de chaleur qu'ils soufflaient, signalait la présence des cachalots.

— Ramez ! Ramez ! cria Starbuck.

— Chantez n'importe quoi ! hurlait Flask. Lancez-moi sur leur dos, et je vous donne ma maison, ma femme et mes enfants !

— Il a des convulsions, disait Stubb, calmement. Ne vous tracassez pas, mes amis, mais ramez ferme !

Le spectacle était prodigieux. Les vagues de l'océan grondant soulevaient majestueusement les baleinières qui ressemblaient à une couvée sur laquelle le *Péquod* veillait comme un oiseau sauvage.

Nous prîmes en chasse trois énormes bêtes et bientôt nous fûmes seuls dans la brume qui tombait sur la mer. Notre canot bondissait. Soudain, une baleine fut à bonne portée. Queequeg s'était dressé, magnifique et farouche. Son harpon siffla dans l'air et, sans doute, ne fit qu'érafler l'animal qui, rendu furieux, secoua durement notre canot, nous jeta les uns contre les autres et faillit nous culbuter dans les abîmes. Nous avions de l'eau jusqu'aux genoux et, pour comble de malheur, le brouillard s'était épaissi. Nous errâmes pendant des heures, Queequeg brandissant le fanal qu'il avait réussi à allumer. Mais ce fut peine perdue. Trempés et grelottants, nous ne pensions plus qu'à mourir.

A l'aube, un bruit étrange nous parvint... C'était comme un glissement sinistre qui grandissait, grandissait... et, tout à coup, une forme fantastique se dirigea vers nous.

Nous eûmes juste le temps de nous jeter à la mer. Notre canot venait d'être coupé en deux par l'étrave du *Péquod*.

On nous repêcha, l'un après l'autre, et moi le dernier. Je menai une petite enquête pour savoir si ce qui nous était arrivé était normal, et l'on me dit que les tempêtes, les naufrages et les dangers mortels de toutes sortes étaient le lot des marins qui traquaient les baleines.

Eh bien, nous étions jolis !

— Viens, dis-je à Queequeg, je vais rédiger mon testament car j'ai bien l'impression que je laisserai ma peau dans ces folles aventures.

Nous avancions, sous la poussée d'une gentille brise, vers l'île de Java. Nos trois grands mâts ressemblaient à trois palmiers dans une plaine immense.

La matinée était belle, l'air était transparent. L'immobilité de la mer paraissait surnaturelle. Daggoo occupait la vigie du grand mât ; ce fut donc lui qui l'aperçut le premier. Une énorme masse blanche se leva lentement de la mer, juste devant notre proue. Elle resta un instant immobile et nous montra son éblouissante lumière, puis, doucement, rentra dans les abîmes marins. Une fois encore, elle apparut. Une fois encore, elle disparut.

Etait-ce Moby Dick, la baleine blanche ?

A peine remis de sa stupéfaction, Daggoo se mit à crier :

— Le cachalot blanc ! La cachalot blanc ! Là ! Là ! Devant ! Devant !

Tous les hommes s'étaient rués au bout des vergues. Achab se tenait sur le beaupré, prêt à donner des ordres et les yeux fixés sur le point qu'indiquait le bras de Daggoo. Vite, il fit mettre les baleinières à la mer et les dirigea vers le monstre.

Celui-ci plongea presque aussitôt et nous attendîmes son retour, le cœur battant. Soudain, il réapparut, dans un formidable bouillonnement. C'était une masse gélatineuse qui lançait de tous côtés des bras comme des serpents géants. Les bras s'agitèrent comme s'ils cherchaient à happer ce qui passait à leur portée, puis tout s'engloutit dans un bruit de succion. Qu'avions-nous vu là ?

Ce fantôme n'était pas Moby Dick, mais un calmar géant, une pieuvre digne des monstres de la préhistoire. Nous l'avions échappé belle !... Malgré notre joie d'être encore en vie, nous ressentions un certain malaise en pensant à cette horrible bête dont la rencontre, d'après les marins expérimentés, n'est jamais de bon augure. Queequeg, lui, était d'un autre avis.

— Toi voir calmar, me dit-il, toi vite voir baleine blanche.

Mon ami avait raison.

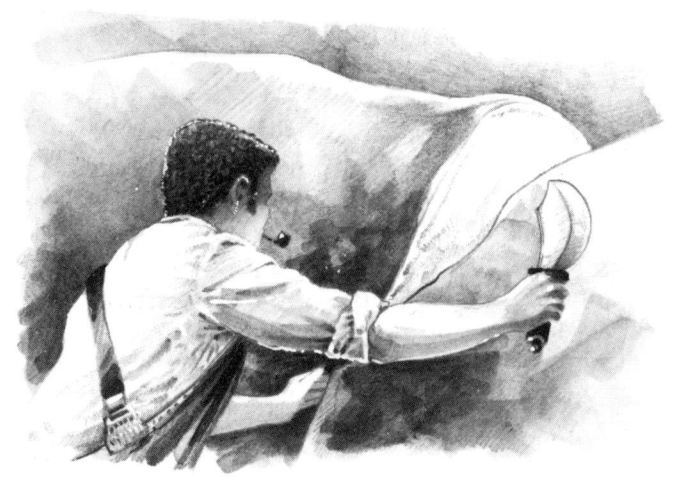

Chapitre IV

DU CACHALOT A DEPECER !

Le lendemain, pendant que tout l'équipage sommeillait, je me trouvais au poste de vigie et, là-haut, mollement balancé dans l'espace, je me laissais aller, moi aussi, à une douce somnolence, lorsque je vis à quelques dizaines de brasses du bateau, un énorme cachalot noir. Inutile de vous dire que les marins furent vite prêts au combat.

— Les canots à la mer ! hurla le capitaine Achab.

Bientôt, tandis que nous glissions ainsi à sa poursuite, le monstre agita perpendiculairement sa queue puis disparut à nos yeux comme une tour engloutie.

— La nageoire bouge, fut le cri général.

A la suite de cette annonce, Stubb sortit aussitôt une allumette et alluma sa pipe, car un répit nous était accordé. Le temps normal du plongeon écoulé, la baleine remonta de nouveau. Elle était maintenant à l'avant du canot du fumeur et plus près de lui que des autres embarcations ; Stubb comptait bien avoir l'honneur de la capture.

Dès lors, il devint évident que la baleine s'était enfin aperçue qu'on la poursuivait. Le silence et les précautions n'étaient plus de mise ; les pagaies furent rentrées et les avirons furent bruyamment mis en jeu.

Tirant sans cesse des bouffées de sa pipe, Stubb encourageait son équipage pour l'assaut. Oui, le poisson avait brusquement changé de tactique ; sensible au danger, il allait, la tête redressée, projetant de côté une folle écume.

— Filez, filez, mes gars !... Ne vous pressez pas... prenez votre temps, mais marchez ; faites-lui peur comme des tonnerres, v'là tout ! cria Stubb, soufflant sa fumée tout en parlant. En avant, maintenant... des coups longs et forts.

Tout à coup, Task lança son harpon et, aussitôt, la ligne se dévida en sifflant. Nous tenions la bête qui faisait voler notre canot sur les eaux écumeuses.

— Souquez, souquez ferme ! cria Stubb au rameur de l'avant.

Virant de bord pour faire face à la baleine, tous les rameurs lancèrent l'embarcation vers elle.

Au flanc de l'animal, Stubb frappa à coups redoublés la bête en fuite ; au commandement, le canot, alternativement, faisait marche arrière pour éviter l'horrible roulis du monstre, puis revenait se ranger à ses côtés pour une nouvelle attaque.

Maintenant, la mer était rouge. La bête torturée agonisait et nos traits impitoyables ne cessaient de l'atteindre. Bientôt, la baleinière vint se placer une dernière fois, contre les flancs du monstre, et Stubb enfonça sa lance dans le corps épuisé.

Les derniers moments de la bête furent terribles et nous faillîmes chavirer dans ses ultimes convulsions. Le cachalot lança dans l'air trois ou quatre caillots de sang, puis s'immobilisa.

— Elle est morte, monsieur Stubb, dit Daggoo.

— Oui, les deux pipes ont fini de fumer, répliqua Stubb, et, retirant la sienne de sa bouche, il en éparpilla les cendres mortes sur l'eau, puis demeura un instant à regarder pensivement l'énorme cadavre.

La baleine de Stubb avait été tuée à quelques distances du vaisseau. Il y avait une accalmie ; alors, attelant les trois baleinières en flèche, nous commençâmes le lent remorquage du trophée.

Nous autres, dix-huit hommes, avec nos trente-six bras, tout en besognant lentement sur la mer, heure après heure sur cette inertie, nous eûmes de bonnes preuves de l'énormité de la masse que nous traînions, car c'est à peine si nous semblions bouger.

L'obscurité vint, mais trois lumières posées de

haut en bas dans le gréement du *Péquod* éclairaient faiblement notre chemin. En approchant, nous vîmes Achab qui laissait pendre quelques lanternes supplémentaires par-dessus la rambarde. D'un œil vide, il regarda un instant la baleine qui tanguait et donna les ordres habituels d'arrimage pour la nuit ; puis, passant sa lanterne à un matelot, il s'en fut à sa cabine et ne se montra plus jusqu'au matin.

Le capitaine Achab avait montré son activité coutumière pendant qu'il surveillait la poursuite de cette baleine, mais maintenant qu'elle était morte, il montrait quelques signes de mécontentement, d'impatience ou de désespoir. La vue de ce cadavre lui avait rappelé que Moby Dick était encore à tuer.

Bientôt, à entendre les bruits sur le pont du *Péquod*, il sembla que les marins s'y préparaient à jeter l'ancre, car de lourdes chaînes furent hissées sur le pont et lancées bruyamment par les sabords. Mais, par ces chaînons retentissants, c'était, non le vaisseau, mais le vaste cadre qui devait être amarré.

Attachée par la tête à l'arrière et par la queue aux avants, la baleine au corps noir était maintenant allongée tout près du vaisseau.

Si, pour autant qu'on pouvait le savoir, le sombre Achab était maintenant en état de quiétude, par contre, Stubb, son second, enivré de victoire, manifestait une excitation inaccoutumée, mais toujours bienveillante. Il était tellement agité que le grave Starbuck, son supérieur, tranquillisé, lui abandonnait pour le moment la direction des affaires.

Une des raisons qui contribuaient à cette agitation de Stubb se manifesta bientôt. Stubb était bon vivant : il aimait la baleine immodérément, en tant que chose agréable au goût.

— Je veux en manger une tranche, cria-t-il. Qu'on me coupe un filet de cachalot. J'ai faim !

Vers minuit, la tranche découpée était cuite et dévorée à la lueur de deux lampes à l'huile de baleine. Mais Stubb n'était pas seul à se restaurer. Des armées de requins attaquaient le cachalot et en arrachaient des bouchées de la grosseur d'une tête humaine. Ils faisaient un bruit de tous les diables et Stubb invita le vieux cuisinier nègre, Félix, à leur demander d'être moins bruyants. Mais le discours du maître coq fut sans effet. Les requins grouillèrent de plus belle en donnant de furieux coups de queue à la coque du *Péquod*.

Vous devez comprendre que le dépeçage d'un tel monstre marin n'est pas une mince affaire. Notre *Péquod* devint un véritable abattoir, et les marins eurent tous des allures de bouchers. De lourds palans et des poulies furent mis en œuvre. Le lard, la graisse si vous voulez, enveloppe l'animal un peu comme la pelure enveloppe l'orange. On l'enlève en une seule bande, en faisant tourner le cachalot sur lui-même. Deux hommes traçaient, à la bêche, la ligne de déchirure de l'horrible ruban tout dégoulinant de sang. Le travail est intense.

On chante, on crie, on jure. La joie règne. Le lard ne fournit-il pas une centaine de barils d'huile? Lorsque nous eûmes terminé de peler la baleine et qu'elle ne fut plus qu'une sorte de fantôme, une énorme carcasse, on détacha les chaînes, et ce qui restait du colosse s'en alla sur les flots.

L'armée de requins était toujours là, aussi avide et aussi bruyante. Elle s'en donnait à cœur joie tandis que des dizaines de vautours en faisaient autant.

Nous assistâmes pendant de longues heures à cette curée infernale, à ces funérailles lugubres. Enfin, notre victime disparut dans la brume et alla se perdre quelque part derrière l'horizon glacé.

J'oubliais de vous dire qu'avant d'abandonner les restes du cachalot aux flots de l'océan, nous l'avions décapité. Ce n'est pas une opération facile. L'animal n'a pas de cou et il faut une adresse de chirurgien pour opérer la décollation. Le couteau doit fouiller dans la graisse qui se referme sans cesse et essayer d'atteindre, à l'aveuglette, un point très précis de la colonne vertébrale. C'est Stubb qui s'était chargé du travail. Il le mena à bien en une dizaine de minutes, ce qui est un tour de force.

Lorsque la tête est petite, on la hisse sur le pont, lorsqu'elle est trop lourde — et c'était le cas — on la tire à moitié hors de l'eau contre le flanc du bateau qui penche fortement sous le poids.

Tout se passa normalement et, vers midi, la tête

sanguinolente était solidement arrimée à la place que nous avions choisie.

Chapitre V

PROPHETIE ET BALEINES FRANCHES

Nous avions droit à un bon repos et chacun quitta le pont où ne régna plus qu'un silence anormal. Achab le remplit bientôt. Il regarda la tête, prit l'épée qui avait servi à Stubb, et la plongeant dans la masse suspendue, il parla au cachalot. Des bribes de son discours sont encore bien présentes dans ma mémoire.

— O grande et vénérable tête, commença-t-il. Parmi tous les plongeurs, tu plonges le plus profond. Tu es allée là où nulle cloche ni scaphandrier n'est allé...

Il parla longuement de tout ce que la baleine

avait pu voir au fond de l'océan et qui était inaccessible à l'homme. Il fut éloquent et son discours empreint de philosophie ne fut interrompu que par le cri de la vigie :

— Voilier en vue ! Voilier en vue ! Tribord avant !

— Bravo, cria Achab. Il commençait à faire calme ici. Une visite nous fera du bien.

La longue vue nous apprit que le voilier inconnu était, lui aussi, un baleinier. Il s'appelait *Jéroboam* et provenait de Nantucket. Il fut bientôt près du *Péquod* et dépêcha vers lui une de ses chaloupes, mais le capitaine étranger refusa de venir nous serrer la main. Lorsqu'il fut à portée de voix, il nous cria qu'il y avait une épidémie à bord et qu'il ne voulait pas nous contaminer.

Nous avions remarqué que l'un des rameurs de la chaloupe du *Jéroboam* était un étrange personnage, petit, trapu, échevelé... Il portait une jaquette d'une coupe invraisemblable. Stubb, en le voyant, s'écria :

— C'est lui ! On nous en a parlé ! C'est lui !

Il paraît que l'homme à la jaquette avait été une sorte de prophète, assez célèbre d'ailleurs. Il s'enrôla à bord du *Jéroboam* sans donner son identité exacte, et ce n'est qu'en pleine mer qu'il déclara être l'archange Gabriel. Il publia un manifeste, déclarant qu'il était le libérateur des îles de la mer et le vicaire général océanique. Le ton sérieux et résolu avec lequel il déclara ces choses, la hardiesse sombre du jeu de son imagination exaltée et toutes les terreurs superstitieuses suscitées par son délire s'unirent pour, dans l'esprit de la majorité des hommes de l'équipage, auréoler de sainteté ce Gabriel. Et, de plus, ils en avaient peur.

Un tel homme ne servant pratiquement pas à grand-chose dans le navire, le capitaine, sceptique, avait voulu s'en débarrasser, surtout qu'il refusait de travailler, sauf quand ça lui chantait. Mais, prévenu que cet individu de capitaine avait formé le projet de le débarquer dans le premier port commode qu'on rencontrerait, l'archange voua le navire et tous ses occupants à perdition sans aucune rémission au cas où ce projet serait exécuté.

Il avait si fortement travaillé ses disciples de l'équipage que ceux-ci, finalement, allèrent trouver le capitaine et l'avertirent que si Gabriel était débarqué du navire, pas un seul homme n'y resterait. Il avait donc été forcé de renoncer à son dessein. Ils exigèrent que Gabriel soit libre de dire ou de faire ce que bon lui semblait; de telle sorte que l'archange eut complète liberté sur le navire.

Le résultat de tout ceci fut que Gabriel se souciait peu du capitaine et des seconds et que, plus que jamais, il élevait la voix depuis que l'épidémie s'était abattue. Il prit un plus grand avantage : il déclarait que la peste, comme il l'appelait, sévissait sur son ordre et qu'elle cesserait quand bon lui semblerait.

Les marins, de pauvres diables pour la plupart, s'aplatissaient devant lui; quelques-uns le cajolaient, obéissant à sa parole, et parfois lui rendaient un hommage personnel, comme à un dieu. De telles choses peuvent sembler incroyables, mais pour si merveilleuses qu'elles paraissent, elles sont vraies. Mais il est temps de revenir au *Péquod*.

— Votre épidémie ne me fait pas peur, cria Achab. Viens à bord ! Nous parlerons à notre aise.

— Prends garde à la peste ! hurla l'archange Gabriel.

— As-tu vu Moby Dick ? demanda Achab.

— Méfie-toi de sa queue, dit Gabriel, elle te réduira au silence.

Le capitaine du *Jéroboam* raconta qu'il avait rencontré la baleine blanche et qu'il l'avait poursuivie malgré la fureur de Gabriel. Celui-ci, grimpé en haut du grand mât, hurlait que la baleine était un dieu et que les pires malheurs allaient s'abattre sur les audacieux qui osaient l'attaquer.

Une baleinière avait été mise à l'eau et le second, Macey, avait réussi à placer un harpon dans le corps du monstre. Il s'apprêtait à employer sa lance lorsque la bête avait surgi, dans un fol élan, et heurté le canot. Macey avait été projeté à 50 mètres dans la mer. Chose bizarre, aucun marin ne fut blessé, aucun dégât ne fut occasionné à la barque, mais Macey avait perdu la vie, tué net, sans trace de la moindre blessure.

Bien entendu, cette dramatique affaire renforça le prestige de l'archange Gabriel qui fit régner la terreur sur le *Jéroboam*.

— Après ce que j'ai dit, penses-tu encore attaquer Moby Dick ? demanda Mayhew.

— Naturellement, dit Achab, sans hésiter.

A ces mots, Gabriel s'était dressé.

— Maudit soit le blasphémateur, cria-t-il. Le dieu t'engloutira. Prends garde !

Achab était demeuré impassible.

— Je crois que j'ai une lettre pour un de tes officiers, dit-il à Mayhew. Starbuck va aller la chercher, elle est dans le coffre de la cabine, au fond d'un sac.

La lettre était en piteux état mais Achab parvint à lire l'adresse.

— Tiens, tiens ! Elle provient de sa femme.

— Oui, cria Gabriel. Celui qui est mort. Nous ne voulons pas la lettre.

— Prends-la, dit Achab à Mayhew, et il la lui tendit au bout d'une perche fendue.

Ce fut l'archange Gabriel qui s'en empara. Il la transperça de son couteau qu'il lança vers Achab.

— Que l'enfer te rôtisse ! cria notre capitaine.

— Tu suivras le chemin sur lequel Macey te précède, dit Gabriel qui ordonna aux marins de ramer.

Le lendemain, nous aperçûmes des baleines franches, que l'on considérait un peu comme des proies de qualité inférieure. Le capitaine Achab, à la surprise de tout l'équipage, donna l'ordre d'en capturer une. Il n'y avait pas à discuter. On mit deux chaloupes à la mer et un monstre fut harponné. Sa capture ne fut pas facile, il fonça sur le *Péquod* et plongea sous sa coque. Il entraînait les deux baleinières qui risquaient fort de s'écraser contre le navire si elles ne rompaient pas leurs amarres.

Les marins manœuvrèrent avec tant d'art et tant d'audace qu'ils nous évitèrent, et que la bataille se continua en eau libre. La bête fit ainsi le tour du *Péquod* et, finalement, trépassa. Elle se retourna sur le dos, au milieu d'un épouvantable grouillement de requins.

— Je me demande ce que nous allons faire de toute cette mauvaise graisse, dit Stubb.

— Il ne s'agit pas de graisse, répondit Flask. J'ai entendu cette âme damnée de Fédallah qui affirmait que lorsqu'un bateau a, à tribord, une tête de cachalot, et, à bâbord, une tête de baleine franche, il ne peut plus chavirer.

— Ce type ne me revient pas, ajouta Stubb. A la première occasion, je le flanquerai à l'eau. C'est le diable en personne.

— Comment veux-tu le noyer, s'il est le diable ?

— Je n'en sais rien, en tout cas, il prendra un bon bain.

— Et s'il te le fait prendre avant ?

— Il peut toujours essayer. Ce qui est sûr, c'est que ce Fédallah méritait d'être mis aux fers. Achab fait de lui un magicien ; il croit pouvoir convaincre ainsi Moby Dick. S'il l'a caché, c'est qu'il croyait qu'il nous gênerait sur une baleinière avec une jambe en moins ; c'est du moins ce que l'on dit. Fédallah est un drôle de bonhomme. Mais s'il s'attaque à Achab, qu'il prenne garde... Je ne crains pas ce Belzébuth et suis bien capable de lui saisir la tresse qu'il cache dans son pantalon et de la lui arracher... J'en ferai un fouet...

— Ce n'est pas sérieux tout cela, conclut Flask.

Pendant ce temps, la baleine avait été remorquée à bâbord et solidement arrimée.

— Tu verras, dit encore Flask, nous aurons une tête à droite et une tête à gauche.

C'est ce qui arriva, en effet, et notre *Péquod* ressembla bientôt à un mulet écrasé entre ses paniers trop lourdement chargés.

Fédallah vint contempler la nouvelle tête. Achab l'accompagnait. Ils se tenaient si près l'un de l'autre que leurs ombres se confondaient. Fédallah avait l'air d'examiner attentivement les lignes de sa propre main. Inutile de dire que les conversations allaient bon train parmi les membres de l'équipage qui ne parvenaient pas à rejeter un certain malaise.

Il fallait maintenant que nous nous occupions des deux têtes. Et ce n'est pas un travail aisé, croyez-moi. Il faut arracher les dents, desceller la mâchoire, la hisser sur le pont. Il faut enlever, de la tête du cachalot, le précieux spermaceti. Il y en a plus de deux mille litres. Pensez que la tête seule peut mesurer huit mètres de long, soit le tiers de la longueur totale de la bête. Et l'opérateur doit être adroit. Il faut qu'il manie ses instruments avec prudence pour ne pas perdre un seul litre de ce fameux spermaceti qui se trouve enfermé dans une sorte de réserve, appelée coffre.

C'est Tashtego qui fut chargé de cette délicate opération. Il s'installa sur la tête du cachalot et, à l'aide d'une bêche tranchante, comme un bon jardinier ou un chercheur de trésor, il se mit à creuser... Il trouva le bon endroit et, bientôt, un récipient fit la navette entre la tête et le pont du navire, comme un seau plongeant dans une citerne et remontant à la surface, avec cette différence qu'ici nous puisions un liquide laiteux et mousseux. Plusieurs grandes cuves avaient déjà été remplies sur le pont, et le travail tirait à sa fin lorsque quelque chose de si inexplicable se passa que chacun voulut y voir la main du Malin.

Tashtego avait creusé un véritable puits dans l'énorme tête luisante du cachalot. Il glissa, sans doute, car, subitement, il disparut dans le couloir visqueux.

Daggoo avait tout vu ; à l'aide d'un filin, il se laissa descendre sur la tête qui, subitement, eut l'air de se secouer comme si elle reprenait vie. Ce n'était évidemment que le malheureux Tashtego qui s'agitait à l'intérieur.

Au moment où Daggoo allait procéder au sauvetage de Tashtego, en lui envoyant le récipient dont il s'était servi pour ramener le spermaceti, la tête rompit ses attaches et quitta le flanc du *Péquod*.

Cette fois-ci, Tashtego semblait bien perdu. Daggoo se balançait au bout de son filin. Une baleinière avait été mise à flot et se préparait à essayer de sauver le naufragé, lorsqu'un corps nu partit du pont, comme une flèche, et plongea dans la mer.

C'était Queequeg qui, armé d'un sabre, fut en quelques brasses tout près de la tête qui s'enfonçait lentement. Il l'attaqua aussitôt, la troua, la perfora, la creusa, et fit si bien qu'il parvint à en extraire le pauvre Tashtego qui n'en menait pas large.

Lorsque Queequeg le ramena à bord en le tirant par les cheveux, le sauveteur ne valait guère mieux que le sauvé ! Il fallut qu'on leur donnât, à tous les deux, de longs soins pour les faire revenir à eux.

Chapitre VI

DEUX COURSES, DEUX LUTTES!

Quelque temps après ces incidents tragi-comiques, nous fîmes la rencontre du bateau-baleinier *Jungfrau*. Il venait de Brème et son capitaine s'appelait Derick de Deer.

Le *Jungfrau* mit un canot à la mer et celui-ci s'avança rapidement vers nous, comme s'il était pressé de nous saluer.

— C'est drôle, fit Starbuck, le capitaine se trouve à l'avant du canot au lieu d'être à l'arrière, il tient... je ne sais quoi à la main...

— C'est une cafetière, dit Stubb. Il a une grande cuve à côté de lui. Je crois que c'est le cuisinier qui nous apporte du café...

— Moi, je vous assure, dit Flask, qu'il tient une burette et que la cuve est un bidon à huile. Ils sont à court...

En effet, lorsque Derick de Deer monta à bord, nous comprîmes très bien, malgré son invraisemblable charabia, que l'huile manquait totalement sur le *Jungfrau*. Dès la nuit tombée, l'équipage était obligé de vivre dans les plus épaisses ténèbres. Ce n'était pas gai. Le capitaine allemand sut également nous faire comprendre qu'il ne connaissait absolument rien de Moby Dick dont il n'avait d'ailleurs jamais entendu parler.

Il reçut l'huile qu'il demandait et il s'en alla aussitôt. Il n'avait pas encore rejoint son bateau que les vigies du *Péquod* et celles du *Jungfrau* signalèrent, en même temps, une bande de cachalots. Il y en avait huit qui nageaient de front, côte à côte, et un énorme, tout bossu, un patriarche sans doute, qui les suivait dans leur sillage. Il nageait bizarrement et nous sûmes bientôt pourquoi ; sa nageoire droite n'était plus qu'un moignon, résultat d'un combat ou malformation de naissance ?

Sans s'occuper de son bidon d'huile, le capitaine allemand avait viré et les avait pris en chasse, bientôt suivi par trois de ses baleinières. Il avait donc une avance sur nos canots. Il s'agissait de rattraper l'Allemand, qui avait l'air de se moquer de nous, de le dépasser et de planter nos fers, les premiers, dans le corps de l'énorme cachalot.

— Allez, mes amis, criait Stubb aux rameurs,

courage... Que ne puis-je manger vivant cet Allemand du diable... Un tonneau d'eau-de-vie pour vous si nous gagnons la partie ! Mais vous n'avancez pas... à croire que vous avez jeté l'ancre !...

Flask ne tenait plus en place. Il hurlait, lui aussi :

— Quelle bête, mes aïeux ! Quelle bosse ! Il y a là cent barils d'huile et, dans la tête, trois cents dollars, au moins, de spermaceti... Vous n'allez pas laisser filer celui-là...

Nous nous rapprochions de l'Allemand qui, pour s'alléger et aller plus vite, jeta son bidon d'huile à la mer.

— Barbare, dit Stubb.

Un des rameurs allemands commit une faute et faillit faire chavirer son canot. Ce fut suffisant pour nous permettre de le dépasser légèrement, en criant « Hourrah ! »

Nous étions dans le sillage de la bête qui nous paraissait colossale. Quatre baleinières la menaçaient, les trois du *Péquod* et l'allemande. Les quatre harponneurs s'étaient dressés, mais les nôtres furent plus rapides. Les trois traits sifflèrent dans l'air et se plantèrent dans le cachalot. La bête blessée nous entraîna dans une course folle au cours de laquelle nous heurtâmes violemment le canot allemand. Derick et ses hommes furent lancés à l'eau.

— Attendez, leur cria Stubb, les requins vont arriver... j'en vois quelques-uns derrière vous !

Le cachalot plongea mais nous le tenions solidement. Un des bords de notre canot était au ras de l'eau ; nous n'y prêtions aucune attention. Lorsque la bête réapparut, nos canots l'encerclèrent et lui envoyèrent des dizaines de lances qui lui causèrent de terribles blessures. La buée que crachait le cachalot était toujours blanche, signe qu'aucun organe essentiel n'avait été atteint. Un harpon de Flask le toucha encore et lui fit si mal que la bête mourante entra en furie. Nous fûmes inondés d'eau et de sang, le canot de Flask fut culbuté avec tout son monde... Un jet de sang sortit de l'évent et l'animal mourut.

Nous dûmes aussitôt le maintenir fermement car il avait une fâcheuse tendance à s'enfoncer. Les opérations délicates et difficiles furent menées à bien et, bientôt, il fut attaché le long du *Péquod* avec des chaînes d'ancre. La bête était si lourde qu'elle faisait pencher dangereusement le *Péquod*, si dangereusement que Starbuck dut donner l'ordre d'abandonner notre proie. Pensez donc que pour aller de bâbord à tribord, nous étions obligés de ramper comme si nous gravissions la pente d'un toit.

— Brisez les chaînes ! Brisez les chaînes ! criait Starbuck, sinon cette carcasse infernale nous entraînera dans l'abîme.

La rage au cœur, nous dûmes obéir. Les chaînes furent rompues à coups de hache. La bête disparut dans les flots et le *Péquod*, libéré, se redressa.

La fortune ne nous avait pas souri, mais nous étions sains et saufs.

Nous longions maintenant la pointe extrême de

l'Asie, c'est-à-dire la péninsule de Malacca et, dans son prolongement, les îles de Sumatra, de Java et de Timor.

Avec un bon vent frais, le *Péquod* approchait maintenant de ces détroits. Achab avait projeté de passer dans la mer de Java et de remonter vers le Nord, dans les eaux connues pour être fréquentées par le cachalot. Il projetait de longer ensuite les Philippines et de gagner la lointaine côte du Japon au moment de la grande saison baleinière en ces lieux. De cette façon, le *Péquod*, au cours de son périple, traverserait tous les parages à cachalots du monde entier avant de descendre vers l'équateur à travers le Pacifique. Et même si partout ailleurs il était déçu dans sa poursuite, Achab comptait fermement livrer bataille à Moby Dick sur une mer réputée être fréquentée par ce monstre, à une époque où l'on pouvait raisonnablement s'attendre à le trouver.

Pourquoi, dans ce tour du monde, Achab n'abordait-il jamais ? Son équipage ne buvait-il donc que de l'air ? Non ! Un navire baleinier errant par le monde ne porte aucune cargaison sauf ses armes, son équipage et ce qui lui est nécessaire. Mais il contient tout un lac dans sa vaste cale. Il en est utilement lesté et non avec du plomb en barres. Il emporte de l'eau pour des années. De la bonne vieille eau claire de Nantucket. Tandis que les vaisseaux, pour aller de Chine à New York et en revenir, sont contraints de toucher une vingtaine de ports, le baleinier, pendant tout ce temps, peut faire sa route sans s'approcher de la moindre côte.

Mais, pour l'instant, il avait été recommandé aux hommes de vigie d'être attentifs, or rien ne vint troubler leur garde jusqu'à l'entrée du détroit de la Sonde où le cri merveilleux retentit :

— Regardez ! Vite ! Là-bas ! cria la vigie.

Quel spectacle ! A quelques milles devant nous, s'étendait un mur de jets d'eau. Une armée entière de cachalots se dirigeait vers le détroit et, au fur et à mesure de son approche, resserrait les rangs. Toutes voiles dehors, le *Péquod* les avait pris en chasse. Qui sait, Moby Dick nageait peut-être au milieu de cette redoutable caravane ?

Les harponneurs avaient déjà leur arme en main et trépignaient d'impatience, lorsqu'une autre armée, bien différente celle-là, apparut derrière nous. Achab avait levé sa longue-vue.

— Malédiction ! Les Malais nous poursuivent ! cria-t-il.

C'était vrai. Des pirates avaient attendu que nous fussions engagés dans le goulot du détroit. Pensez à la bizarrerie de notre situation. Nous poursuivions des cachalots et nous étions nous-mêmes pris en chasse par des brigands impitoyables ne connaissant ni Dieu ni diable, et qui nous couvraient d'autant d'injures que nous en envoyions aux baleines.

Le visage d'Achab s'était assombri. Son regard était devenu farouche, mais quelque chose de désolé s'y lisait quand même.

Lorsque nous débouchâmes dans la mer libre, derrière l'île de Krakatsa, nous avions distancé les pirates, mais les cachalots, eux aussi, avaient pris de l'avance sur nous. Tout à coup, notre gibier sembla fatigué et nous pûmes arriver à bonne portée. Les baleinières furent mises à l'eau. Nous assistâmes alors à une scène extraordinaire. Les bêtes furent prises de panique ; la belle ordonnance de leur armée fut rompue, et si certaines d'entre elles se débattaient en une folle terreur, d'autres paraissaient paralysées et flottaient comme des épaves.

Chaque baleinière choisit sa victime et ce fut le harpon de Queequeg qui siffla le premier. Quelques instants après, nous étions entraînés par le monstre blessé, au cœur du troupeau. Pendant que nous filions à belle allure, nous ne restions pas inactifs. Tandis que Queequeg manœuvrait avec une surprenante adresse, nous lancions aux cachalots les plus proches des harpons remorquant du gros-bois. La bête se fatiguait en les traînant dans l'eau et il était aisé de les retrouver plus tard.

Pour le moment, nous étions réellement encerclés par une muraille vivante. Nous étions en quelque sorte prisonniers. Tout près de nous, folâtraient des mamans cachalots avec leurs petits qui semblaient absolument innocents dans toute cette aventure. Ils nageaient à côté de nous, nous regardaient gentiment et reniflaient contre la coque, si hardis que Queequeg parvint à les caresser au front et que Starbuck s'amusa à leur gratter le dos de sa lance.

Mais cette période d'accalmie ne devait pas durer. Nous tenions toujours solidement notre cachalot.

Dans le lointain, nous voyions bien que nos baleinières travaillaient toutes. Les cachalots se mirent de nouveau en branle, et leur cercle, autour de nous, se referma dangereusement. Un cachalot qui avait emporté une de nos lignes s'y était empêtré. L'arme tranchante s'était détachée de son corps et c'est lui maintenant qui, dans sa course folle, blessait et tuait, en se débattant furieusement, ses compagnons d'infortune.

Les bêtes nous entouraient et allaient nous atteindre.

— Défendez-vous ! hurlait Starbuck. Prenez vos bêches ! Frappez ! Frappez ! Il y va de votre vie ! Frappez !

Le canot fut serré entre deux énormes masses noires laissant juste un étroit passage. Dans un effort désespéré, nous y forçâmes la nage tout en guettant une autre issue. A plusieurs reprises, nous l'échappâmes belle, puis nous glissâmes dans l'intervalle entre deux rondes ; mais il était à tout moment traversé par des cachalots qui semblaient tous violemment attirés par le centre du système.

Notre heureuse délivrance fut payée par la seule perte du chapeau de Queequeg qui, debout à l'avant pour piquer les animaux fugitifs, se le vit emporter dans le tourbillon d'air provoqué tout près de nous par le brusque balancement de deux énormes queues.

Si tumultueuse et désordonnée que fût maintenant la panique générale, elle ne tarda pas à se résoudre en ce qui nous parut être un mouvement métho-

dique, car enfin, après avoir formé un seul bloc, les animaux reprirent leur fuite avec une vitesse augmentée. Les poursuivre plus loin n'eût servi à rien ; mais les baleinières s'attardèrent un peu dans leurs sillages pour essayer de retrouver les baleines blessées de l'arrière-garde et en amarrer une que Flask avait tuée.

Le résultat de cette randonnée illustre bien le dicton plein de sagesse des pêcheurs : « Plus il y a de baleines et moins on en prend. » De tous les cachalots blessés, un seul fut capturé. Le reste réussit à s'échapper cette fois-là, mais seulement pour être ramassé, comme on le verra plus tard, par un autre bâtiment que le *Péquod*.

Chapitre VII

L'AMBRE GRIS ET LA PIECE D'OR

Deux semaines après ces événements, nous voguions sur les eaux d'un océan sans vagues et presque sans vent, lorsque les narines des marins du *Péquod* furent alertées par une odeur qui semblait émaner de la mer ou du brouillard. Serait-ce un des cachalots que nous avions blessés et qui serait venu mourir dans ces parages?

La brume s'étant levée devant nous, nous aperçûmes un voilier à l'arrêt qui semblait avoir un cachalot amarré à ses flancs. Lorsque nous nous approchâmes, nous reconnûmes les couleurs françaises, et les centaines de vautours qui couronnaient le trois-mâts nous confirmèrent dans nos suppositions : le navire français avait rencontré un cachalot mort et se l'était approprié, malgré le «parfum» pestilentiel qu'il dégageait. En approchant encore, nous ne vîmes pas un cachalot, mais deux dans le même état de putréfaction.

— Je reconnais le manche de mon arme toujours plantée dans sa queue, dit Stubb. Ces Français ont vraiment des goûts bizarres. Ils ne tireront de cette pourriture qu'une huile qu'on refuserait en enfer... A moins que cette malodorante carcasse ne contienne de l'ambre gris... ce serait une autre affaire.

Le vent était complètement tombé et nous étions bel et bien obligés de demeurer dans cet air nauséabond qui nous faisait chavirer le cœur.

Un canot fut mis à la mer et Stubb, en se tenant le nez, n'hésita pas à se placer près du plus gros cachalot d'où il interpella l'équipage du bateau qui s'appelait *Bouton de rose*.

— Hé là ! cria-t-il, quelqu'un parle-t-il anglais chez vous ?

— Yes, répondit-on aussitôt.

— Avez-vous vu Moby Dick ?

— Quoi ?

— Avez-vous vu le cachalot blanc ?

— Blanc ? Une baleine blanche ? Un cachalot blanc ? Je ne sais ce que vous voulez dire.

— Ça va... Merci... Laissez-moi vous dire que vous ne tirerez rien de bon de cette charogne.

— Je le sais, mais je ne suis que le second et le capitaine ne veut rien entendre. Venez le lui dire...

cela me ferait bien plaisir.

Stubb monta à bord du *Bouton de rose* où l'attendait un étrange spectacle. Les matelots, dont le béret s'ornait d'un magnifique pompon rouge, parlaient beaucoup, mais ne semblaient pas avoir le cœur à l'ouvrage. Ils portaient à leurs narines, de minute en minute, un linge imbibé de goudron ; d'autres fumaient des pipes courtes pour que leur appendice nasal restât constamment dans les effluves du tabac brûlé... Quant au second, il s'était enveloppé le nez, qu'il avait sans doute très long, dans une sorte de petit sac.

D'une cabine, sortaient des éclats de voix, des hurlements et des jurons. On s'y disputait ferme. Stubb sut que c'était le chirurgien du *Bouton de rose* qui protestait contre la décision du capitaine de s'occuper du cachalot mort.

Tout cela fit plaisir à Stubb qui, au cours de sa conversation avec le second, constata que la pensée de l'ambre gris n'avait effleuré personne.

Alors, il se tut à ce sujet ; mais, ceci mis à part, il fut tout à fait franc et sincère avec son interlocuteur. Tous les deux eurent vite fait de tramer une sorte de petit complot pour circonvenir et, en même temps, se moquer de ce capitaine, sans que ce dernier puisse avoir le moindre doute sur leur sincérité. Selon leur petit plan, le second s'offrant comme interprète, devait raconter au capitaine ce qui lui venait à l'esprit, mais comme si ça venait de Stubb. Quant à Stubb, il devait débiter tout ce qui lui passait par la tête au cours de l'entretien.

A ce moment-là, leur victime sortit de sa cabine. Il était petit et brun, d'apparence assez délicate pour un marin, mais avec de grands favoris et de longues moustaches. Il portait un costume de velours de coton rouge et des breloques au côté. Stubb fut poliment présenté à ce gentleman par le second qui, avec beaucoup d'ostentation, faisait l'interprète entre eux.

— Qu'est-ce qu'il faut lui dire d'abord? demanda-t-il.

— Eh bien, répondit Stubb, regardant la veste de velours et les breloques, autant vaut-il mieux que vous commenciez en lui disant qu'il a un peu l'air d'un gosse, bien que je ne me pose pas en juge.

— Il dit, Monsieur, traduisit en français le second se tournant vers son capitaine, qu'hier même, son navire a rencontré un vaisseau sur lequel le capitaine et le second, avec six matelots, étaient tous morts d'une fièvre contractée par une baleine pourrie qu'ils traînaient à côté d'eux.

Sur ce, le capitaine tressaillit et exprima vivement le désir d'en savoir davantage.

— Et maintenant, Monsieur? demanda le traducteur à Stubb.

— Eh bien, puisqu'il le prend si facilement, dites-lui que maintenant que je l'ai soigneusement regardé, je suis tout à fait sûr qu'il n'est pas plus capable de commander un baleinier que ne le serait un singe de Santiago. Vrai! Dites-lui de ma part que c'est un babouin.

— Il jure et déclare, Monsieur, que l'autre baleine,

la desséchée, est encore plus empoisonnée que la pourrie ; en résumé, Monsieur, il nous conseille, si nous tenons à nos vies, de nous débarrasser de ces animaux.

Aussitôt, le capitaine courut à l'avant et, d'une voix retentissante, commanda à son équipage de ne plus hisser les palans à dépecer, mais de détacher les câbles et les chaînes qui retenaient les cachalots au navire.

— Et maintenant, quoi ? demanda le second quand le capitaine fut revenu.

— Voyons... Laissez-moi voir... Eh bien, vous pouvez aussi bien lui dire maintenant que... que... oh, dites-lui que je l'ai eu et (à part) peut-être quelqu'un d'autre aussi.

— Il dit, Monsieur, qu'il est très heureux d'avoir pu nous rendre service.

A ces mots, le capitaine assura que c'étaient eux les obligés (lui et son second) et il conclut en invitant Stubb à descendre boire une bouteille de Bordeaux dans sa cabine.

— Il veut vous offrir un verre de vin, dit l'interprète.

— Remerciez-le cordialement, mais dites-lui que c'est contraire à mes principes de boire avec un homme que j'ai mis dedans. Au fait, dites-lui qu'il faut que je m'en aille.

— Il dit, Monsieur, que ses principes ne lui permettent pas de boire, mais que si Monsieur veut vivre encore un jour pour pouvoir boire, il faut que Monsieur se hâte de mettre les quatre canots à la mer pour haler le vaisseau loin de ces cachalots, car il fait si calme qu'ils ne dériveront pas tout seuls.

Sur ce, Stubb, enjambant le plat-bord de son canot, héla le second pour lui offrir de les aider à écarter du navire le plus léger des deux cachalots avec un long câble de remorque qui se trouvait dans l'embarcation. Tandis que les baleinières françaises étaient occupées à tirer le navire d'un côté, le complaisant Stubb remorquait son cachalot de l'autre, en employant ostensiblement son câble de remorque d'une longueur exceptionnelle.

A ce moment, la brise se leva ; Stubb fit semblant de détacher le cadavre. Hissant ses baleinières, le Français s'éloigna, tandis que le *Péquod* se glissait entre lui et le cachalot de Stubb. Là-dessus Stubb s'approcha rapidement de la carcasse flottante et, après avoir hélé le *Péquod* pour lui faire part de ses intentions, il s'apprêta sur-le-champ à recueillir le fruit de sa ruse déloyale.

Saisissant sa bêche acérée, il fit un trou dans le corps de l'animal, un peu derrière la nageoire latérale. On aurait pu penser qu'il creusait une cave dans la mer et, quand enfin la bêche frappa contre les côtes décharnées, ce fut comme si on avait retourné de vieux carreaux et de vieilles poteries romaines ensevelis dans la grasse argile anglaise. Tous les hommes de l'équipage, terriblement excités, aidaient avec ardeur leur chef, aussi anxieux que des chercheurs d'or.

Pendant ce temps, d'innombrables oiseaux

piquaient, plongeaient, criaient et se battaient autour d'eux. Stubb commençait à avoir l'air déçu, d'autant plus que l'horrible puanteur augmentait, quand, soudain, du cœur même de cette pestilence s'éleva un léger effluve de parfum qui coulait à travers la marée des mauvaises odeurs sans être absorbé par elles — comme une rivière qui, passant dans une autre, chemine avec elle quelque temps sans s'y mélanger.

— Je l'ai, je l'ai, s'écria Stubb avec joie en frappant sur quelque chose dans les régions souterraines. Une bourse... une bourse !

Laissant sa bêche, il plongea ses deux mains à l'intérieur de la charogne et en sortit deux poignées de quelque chose qui ressemblait à du vieux fromage mais qui était très onctueux et parfumé. Cela pouvait se rayer du pouce et c'était d'une couleur tirant entre le jaune et le gris. Et cette chose, c'était l'ambre gris qui vaut son pesant d'or chez n'importe quel droguiste.

On arriva à en tirer environ six poignées ; mais, inévitablement, il s'en perdit davantage car l'impatient Achab ordonna à Stubb d'interrompre sa besogne pour remonter à bord ; sinon, le navire partirait sans lui.

Je vous ai déjà dit que le capitaine Achab avait l'habitude de se promener de long en large, à l'arrière du bateau. Il pensait profondément à des choses que nous ignorions et, chaque fois qu'il arrivait au bout de son trajet — toujours le même — soit à droite, soit à gauche, il s'arrêtait un instant avant de faire demi-tour.

Quand il faisait halte auprès du compas, il en regardait fixement l'aiguille ; au pied du grand mât, ses yeux ne se détachaient pas de la pièce d'or qui y était clouée.

Un jour, il s'immobilisa devant elle plus longtemps que d'habitude et eut l'air de l'examiner très attentivement. C'était une pièce d'or pur venant d'un lointain pays d'Amérique du Sud. Elle brillait comme un soleil au milieu de la rouille et du vert-de-gris qui couvraient le mât.

Bien des yeux l'avaient contemplée avec avidité, bien des mains rugueuses s'étaient tendues vers elle ou l'avaient caressée, mais personne ne s'en était emparé. Elle était devenue, pour tous, une sorte de fétiche et, le soir, les marins en parlaient. Ils se demandaient qui d'entre eux la recevrait un jour, et passaient en revue les plaisirs qu'elle pourrait leur procurer. La pièce avait été frappée au cœur des Andes, quelque part dans un pays dont le nom figurait en exergue — Republica del Ecuador (République d'Equateur), au-dessus de trois angles figurant des montagnes.

Achab ne bougeait pas. Nous l'entendions murmurer :

— Cette montagne, c'est Achab !... Et cette autre, c'est encore Achab ! L'homme est fait pour souffrir... Je souffre, mais mon enveloppe est solide. Qu'il en soit fait suivant la nature des choses du monde...

L'obstination du capitaine à scruter la pièce d'or intriguait tout le monde.

— A croire, disait Starbuck, que le vieux y découvre un effroyable secret. Moi, je préfère ne rien savoir...

— Je trouve tout cela étrange, disait Stubb. Tout le monde a vu des pièces d'or... moi-même, j'en ai remué des tas et des tas. Qu'est-ce que celle-ci a de particulier ? Elle vient d'Equateur, et puis ?...

Et puis, voilà Flask qui approche, curieux lui aussi. Cachons-nous et écoutons ce qu'il va dire...

— Voilà, dit Flask, qui s'était arrêté devant la pièce d'or, elle est ronde comme un soleil... Celui qui apercevra un cachalot blanc l'empochera... Elle vaut seize dollars, ce qui me fait, si je compte bien, presque un millier de bons cigares... Flask, mon ami, il faut que tu ouvres l'œil, le jeu en vaut la peine.

Et Flask s'en alla. Il fut bientôt remplacé par un vieux marin qui s'arrêta, un instant, devant un fer à cheval cloué, lui aussi, au mât, mais, on s'en doute, c'était la pièce jaune qui l'intéressait.

— Si nous voyons le cachalot blanc, ce ne sera que dans un mois et un jour. Je sais lire les signes, moi, puisqu'une sorcière de Copenhague me les a appris... Oh ! vieux navire, vieux *Péquod*, je tremble en pensant à toi !

Après, ce fut Queequeg qui vint rendre hommage à la pièce, suivi, peu après, par Fédallah-le-diable, qui s'inclina profondément devant elle... Il y a un soleil dessiné sur la pièce... Le soleil, c'est le feu, et le diable adore le feu, c'est connu.

Après, ce fut le négrillon Pip, pauvre petit gars. Il a constaté que les hommes étaient attirés par l'or, et il les imite, il vient voir, craintif, ignorant, comme le papillon attiré par la flamme. Il semble délirer :

— Je regarde, tu regardes, il regarde, nous regardons, vous regardez, ils regardent, disait l'enfant... Tous sont des chauves-souris, moi, quand je suis en haut du mât, je ressemble à un corbeau... Croa, Croa... Cette pièce d'or est le nombril du navire. Il ne faut pas y toucher... Et puis, clouer quelque chose au grand mât n'est pas bon signe. Non! Non!... Ne seras-tu pas un jour cloué, toi aussi, vieil Achab... Et que penseront ceux qui repêcheront ce mât englouti par les tempêtes lorsqu'ils verront, sous les coquillages, le beau petit soleil d'or?... Eh, Eh! Le monde est fou!

Chapitre VIII

A PROPOS DES BALEINES

Quelques jours après notre aventure avec le *Bouton de rose*, Stubb, qui décidément faisait merveille, captura un cachalot qui fut attaché au *Péquod*. On enleva la graisse, on dépeça l'animal, on lui prit son spermaceti. Le froid le figea en grumeaux et nous passâmes des heures à les désagréger. Jamais je n'oublierai le bonheur que nous éprouvions à plonger les mains dans cette pâte onctueuse. Nos doigts acquéraient une extraordinaire vivacité au contact de cette substance divine, et notre âme elle-même semblait devenir meilleure, comme si elle se baignait dans sa pureté. Il nous arrivait de nous serrer mutuellement les mains en triturant le spermaceti et nous le faisions avec une émotion fraternelle. A ce moment, je croyais à la bonté universelle et je voyais l'humanité s'en allant vers le bonheur avec, au-dessus d'elle, des anges portant des jarres de spermaceti.

Il y avait encore beaucoup de choses de valeur dans le corps d'un cachalot, mais ce serait trop long de vous en parler comme il le faudrait. Sachez que nous retirions de la queue une chair qui nous donnait pas mal d'huile, sachez qu'aux tranches de lard restaient attachés des morceaux de viande que nous détachions avec empressement. Ils étaient appétissants, et rien qu'à les voir, l'eau nous montait à la bouche. Quant à leur saveur, elle rappelait le meilleur cuissot de chevreuil arrosé de champagne ! C'est vous dire si nous en étions amateurs ! Nous trouvions encore d'autres matières dans l'énorme garde-manger que constituait le corps d'un cachalot... Le mieux serait que vous visitiez, dans les cales d'un baleinier, la chambre à lard, la chambre à graisse, où l'on tranche à grands coups de bêche de larges portions de la peau épaisse des cachalots. Les opérateurs y laissent souvent quelques doigts de pied, mais ce sont là les risques du métier.

J'oubliais de vous dire que l'on taille dans la partie la moins large de la queue un morceau de cuir râpeux qui devient, pour les marins, une brosse excellente. Elle enlève, comme par miracle, toutes les saletés du pont. Et je vous assure qu'il y en a !

Je vous ai déjà beaucoup parlé du cachalot et

de son aspect extérieur. Je voudrais maintenant vous faire connaître l'intérieur de cet animal.

Un jour, sur un bateau qui me comptait parmi les membres de son équipage, fut amené un jeune cachalot. Ce n'est pas là une prise intéressante. Je ne sais quel organe devait être prélevé sur le corps de la bête, toujours est-il que j'en profitai pour examiner sérieusement le cadavre. Ma hachette et mon couteau de poche firent merveille...

J'eus connaissance du squelette du cachalot d'une façon plus originale encore. J'étais marin à bord du *Bey d'Alger* et j'eus la chance de vivre quelques jours chez le Seigneur de Tranque qui possédait une jolie villa au bord de la mer. Bambouville était sa capitale, du moins, c'est ainsi que les marins appelaient sa résidence. C'était un original qui collectionnait les bois sculptés, les armes incrustées et toutes sortes d'autres merveilles que la mer apportait à ses pieds.

Un jour, il trouva sur le rivage, lancé par un cyclone particulièrement violent, un énorme cachalot dont la tête reposait contre un cocotier. Le soleil et les bêtes eurent vite raison de sa graisse et de sa viande et, bientôt, les os seuls subsistèrent. Tranque fit transporter le squelette avec précaution jusqu'au haut du vallon, près de sa maison. Il pendit aux côtes des trophées et des armes, les vertèbres furent gravées, et dans le crâne brûlèrent des parfums. Les plantes, les lianes, les vignes envahirent le squelette qui, sous la verdure, semblait revivre. Je descendis en lui, et je le mesurai en tous sens. L'occasion était belle de parfaire mes connaissances. Je n'y manquai pas et, pour ne jamais rien oublier, j'ai fait tatouer les dimensions et mesures sur mon bras droit. Je n'aurai plus qu'à les relire lorsque l'occasion s'en présentera.

Si la question vous intéresse, je puis encore vous signaler qu'au musée de Manchester, en Amérique, et à Hull, en Angleterre, on peut voir de magnifiques spécimens de cachalots. Sir Clifford Constable, dans le Yorkshire, en Angleterre, possède, lui aussi, un squelette de cachalot qui n'est pas aussi grand que celui de Tranque, mais qui a été articulé. On l'ouvre, on le ferme comme une armoire. Ses côtés se déploient comme un vaste éventail et sa mâchoire inférieure ressemble à une balançoire. On se promène à l'intérieur du cachalot sous la conduite d'un guide, et je crois bien que sir Clifford Constable a décidé de faire payer un droit — minime, il est vrai — pour éveiller les échos de la boîte crânienne et de la colonne vertébrale !

Voici donc, d'après mes calculs et mes constatations, en accord d'ailleurs avec le capitaine Scoresby, des renseignements précis.

Une grosse baleine du Groenland peut peser soixante-dix tonnes, mais un cachalot de la plus forte taille peut atteindre quatre-vingt-dix tonnes. Si vous voulez transformer cela en hommes, et en en comptant treize à la tonne, nous obtenons ainsi l'équivalent d'un village de plus de mille habitants.

Le cachalot de Tranque mesurait vingt-deux

mètres, mais il faut y ajouter un bon cinquième pour obtenir la longueur totale de l'animal vivant. Le crâne et la mâchoire valent un tiers environ de l'ensemble. Quant à l'épine dorsale, elle s'étend sur plus de quinze mètres. La cage thoracique et ses énormes barreaux s'attachent au tiers de celle-ci. Elle ressemble à un bateau mis en chantier. De chaque côté de la colonne vertébrale, il y a dix côtes de différentes longueurs. Le squelette ne donne pas une idée exacte de l'animal ; ainsi, à l'endroit où se trouve la plus grande des côtes médianes, qui mesure deux mètres et demi, le corps vivant a au moins cinq mètres d'épaisseur.

Il faut penser également que des tonnes de muscles, de sang, de lard, de chair recouvrent l'épine dorsale. Le squelette ne donne pas non plus une idée exacte des puissantes nageoires pectorales et de la redoutable queue. Si nous empilons les vertèbres, nous en faisons une colonne. Elles sont plus de quarante, et la plus importante, celle du milieu, est large de quatre-vingt-dix centimètres et haute d'un mètre vingt. Il faut une grue pour la déplacer.

Je pourrais encore vous parler des animaux extraordinaires, de ces léviathans qui, bien avant l'homme, étaient les maîtres incontestés de la planète. On retrouve çà et là leurs restes fossiles, et leurs dimensions frappent de stupeur. Un léviathan est dessiné sur le plafond d'une des salles du temple de Dendérah, en Egypte, et un explorateur, Jehan Léo, écrit que, sur le rivage africain, à un endroit où les baleines viennent se déchirer au passage, sur des écueils, les indigènes ont dressé les côtes des cétacés et en ont fait un temple. Ils en possèdent une si grande qu'elle forme une arche sous laquelle un homme monté sur un chameau peut passer sans baisser la tête ! « J'ai vu cette côte phénoménale, dit Jehan Léo, mais elle était là cent ans avant mon arrivée. »

Certains auteurs prétendent que les baleines d'il y a quelques milliers ou millions d'années étaient plus grandes que celles d'aujourd'hui. D'autres, non moins sérieux, affirment qu'il n'en est rien et que des baleiniers dignes de foi assurent qu'ils ont capturé des bêtes de plus de trente mètres. Il faut laisser de côté tout ce qui est légendaire pour ne s'en tenir qu'aux rapports officiels. Mais ce qu'un humble témoin, comme moi, se demande, c'est si les cétacés risquent l'extermination. Pensez à ce qui est arrivé aux buffles qui vagabondaient par dizaines de milliers dans les plaines de l'Illinois et du Missouri ! Voyez le nombre de ceux qui ont échappé aux coups de feu des Blancs et aux flèches des Indiens. Presque rien !

Il faut compter que quarante marins, sur un baleinier, tuent, en quatre ans, une quarantaine de cétacés. Ces quarante hommes, sur la terre ferme, abattraient, pendant le même laps de temps, plusieurs dizaines de milliers de buffles.

En tout cas, ce qui est certain, même si la race des cétacés ne craint pas l'extermination, c'est que les animaux, plus pourchassés qu'autrefois, se réfugient dans les régions plus froides et, par conséquent, moins fréquentées et moins dangereuses. Les cachalots savent ce que leur vaut la rencontre de l'homme et ils le fuient jusque sous les glaces du pôle. C'est là, entre les icebergs et les banquises qu'ils continueront leur vie libre.

Treize mille baleines sont, paraît-il, tuées par les Américains, chaque année, sur les côtes nord-ouest de leur continent. C'est un effroyable bilan ; malgré cela, nous ne sommes pas pessimistes et pensons que la race des léviathans n'est pas près de s'éteindre.

Chapitre IX

LA RENCONTRE DU *SAMUEL ENDERBY*

Nous devions rencontrer beaucoup de navires lors de nos voyages. Ce jour-là, ce fut le *Samuel Enderby*.

— Ho du bateau! As-tu vu la baleine blanche? Ainsi criait Achab, hélant ce navire portant les couleurs anglaises qui passait par l'arrière.

Porte-voix à la bouche, le vieillard se tenait debout dans son canot, hissé à la proue; sa jambe d'ivoire, nettement visible pour le capitaine étranger, était posée nonchalamment au bout du canot.

Ce capitaine étranger était un bon et bel homme, costaud et basané, d'à peu près soixante ans;

une manche vide de sa veste flottait derrière lui, comme la manche d'une cape de hussard.

— As-tu vu la baleine blanche ?

— Vous voyez ça ? Il retira des plis qui le cachaient et il dressa en l'air un bras blanc en os de cachalot terminé par une tête en bois, comme un maillet.

— Armez mon canot, cria Achab impétueusement en agitant les rames qui se trouvaient près de lui ; tenez-vous prêts à mettre à la mer !

En moins d'une minute, sans qu'il ait eu à quitter sa place, lui et son équipage se trouvèrent sur l'eau, et bientôt ils se rangèrent contre l'étranger. Mais là, une curieuse difficulté se présenta.

Dans l'excitation du moment, Achab avait oublié que, depuis la perte de sa jambe, il n'avait pas mis le pied une seule fois sur un autre vaisseau que le sien, et que, s'il pouvait se tenir debout, c'était toujours à l'aide d'un ingénieux agencement particulier au *Péquod*, et qui n'aurait pu se trouver sur un autre navire sans dispositions préalables. Or, ce n'est chose commode pour personne — sauf pour ceux qui, comme les baleiniers, le font presque chaque heure — de grimper d'un canot à bord d'un navire en pleine mer, car les grandes lames portent le canot tantôt jusqu'aux rambardes et tantôt le précipitent brusquement à mi-chemin de la quille.

Ainsi, privé d'une jambe, et le navire étranger ne possédant point la bienfaisante invention, Achab se trouvait maintenant réduit ignominieusement à l'état d'un terrien lourdaud ; il regardait les hauteurs incertaines et changeantes qu'il ne pouvait guère espérer atteindre.

J'ai peut-être fait allusion au fait que, chaque fois qu'il lui arrivait une petite contrariété, résultant de son malheureux accident, cela l'irritait et l'exaspérait. En l'occurrence, ceci fut aggravé par la présence de deux officiers du bateau étranger qui étaient penchés sur le plat-bord, près des échelles de taquets, clouées avec goût. Sur le moment, ils ne semblaient pas se douter qu'un unijambiste fût trop estropié pour utiliser leur rampe marine. Mais cela ne dura qu'un instant car le capitaine, ayant jugé l'affaire d'un coup d'œil, s'écria :

— Je vois ça. Je vois ce que c'est. Cessez de vous agiter, là-bas, et lancez une poulie à dépeçage.

Par chance, ils avaient eu une baleine à leur flanc un ou deux jours auparavant et les grandes poulies étaient encore montées. Le massif crochet à graisse, courbé, maintenant net et sec, était encore attaché au bout. Lestement, il fut descendu vers Achab qui, comprenant aussitôt, glissa sa cuisse unique dans la courbe du crochet (ce qui équivalait à être assis dans la patte d'une ancre ou dans la fourche d'un pommier), donna le signal, s'agrippa fermement et aida la manœuvre en tirant une des parties courantes de la poulie.

Il fut bientôt soigneusement hissé à l'intérieur de la haute rambarde et doucement déposé sur la tête du cabestan. Son bras d'ivoire franchement tendu en signe de bienvenue, l'autre capitaine s'avança, et Achab, tendant sa jambe d'ivoire en la croisant avec le bras d'ivoire (comme deux lances d'espadon) s'écria à sa manière marsouine :

— Oui, oui, de grand cœur, croisons nos os ! un bras et une jambe ! Un bras qui ne peut jamais se dérober et une jambe qui ne peut jamais se sauver. Où avez-vous vu la baleine blanche ? Il y a combien de temps ?...

— La baleine blanche, dit l'Anglais en pointant son bras d'ivoire vers l'est, visant comme s'il s'agissait d'un télescope, je l'ai vue là, sur la Ligne, la saison dernière.

— Et elle a enlevé ce bras, hein ? demanda Achab en se laissant glisser du cabestan pour s'appuyer sur l'épaule de l'Anglais.

— Oui. Tout au moins, elle en fut la cause. Et cette jambe aussi ?

— Racontez-moi comment ça s'est passé, répliqua Achab.

— C'était la première fois de ma vie que je croisais sur la Ligne, commença l'Anglais ; à ce moment-là, j'ignorais l'existence de la baleine blanche. Un jour, nous mîmes les canots à la mer pour un banc de quatre ou cinq baleines, et mon canot s'attacha à l'une d'entre elles. C'était un vrai cheval de cirque ; elle tournait comme un moulin, tant et si bien que mon équipage avait toutes les peines du monde à l'empêcher de nous faire chavirer, en se tenant ferme au plat-bord arrière. Alors, du fond de la mer, surgit une baleine énorme, avec une tête et une bosse blanches comme le lait et toute couverte de pattes d'oies et de rides.

— C'était elle! C'était elle! s'écria Achab haletant.

— Des harpons étaient plantés dans sa nageoire tribord.

— Oui, oui, les miens! MES fers, s'écria de nouveau Achab, exultant. Mais continuez!...

— Laissez-moi dire, alors, repartit l'Anglais avec bonne humeur. Eh bien, ce vieil aïeul à tête et à bosse blanches se précipita, tout couvert d'écume, droit dans le banc et commença de happer furieusement ma ligne attachée.

— Oui, je vois! Elle voulait la couper, libérer la bête attachée, un de ses vieux trucs... Je la connais...

— Je ne sais pas exactement comment cela se fit, continua le capitaine Manchot, mais en mordant la ligne, elle s'entortillait les dents, s'y accrochait de quelque façon; à ce moment-là, nous ne le savions pas. Par la suite, quand nous tirâmes sur la ligne, voilà que nous arrivâmes en plein sur sa bosse à elle, au lieu d'aller sur l'autre baleine qui s'enfuit du côté du vent, la queue en l'air. Voyant où en étaient les choses et à quelle noble et grande baleine nous avions affaire — la plus grande et la plus noble qu'il m'ait été donné de voir dans toute ma vie, Sir —, je décidai de l'attraper en dépit de la rage folle dans laquelle elle semblait être. En pensant que la ligne pouvait, par hasard, se détacher ou que la dent à laquelle elle se trouvait enroulée pouvait céder, voyant tout ça, dis-je, je sautai dans le canot de mon second... qui était bord à bord avec le mien; et alors, attrapant le premier harpon qui me tomba sous la main, je l'envoyai à cette vieille arrière-grand-mère. Mais Seigneur ! Croyez, Sir... Dieu me bénisse ! L'instant d'après, en un clin d'œil, j'étais aussi aveugle qu'une chauve-souris. L'Anglais reprit son souffle et continua. Impossible de songer à faire marche arrière ; mais, tandis que je tâtonnais dans le noir, pour trouver un second harpon à lancer, voilà que la queue s'écroula, coupant mon canot en deux, réduisant chaque moitié en miettes. Je fus lancé à l'eau comme les autres... La bête revint vers nous et si près de moi que je pus saisir mon propre harpon... Je me collai à l'animal qui, soudain, fit un bond ; je dus lâcher prise. Je fus accroché, au passage, par un autre croc que traînait le cachalot et j'eus l'épaule déchirée ; on me repêcha et le docteur Bunger, que voici, vous racontera la suite.

Le chirurgien Bunger était un personnage modeste. Il s'inclina poliment lorsqu'on le présenta, sans être le moins du monde gêné par son pantalon rapiécé.

— La blessure était vilaine, dit-il, et je demandai que l'on mît le cap vers le nord pour sortir des régions tropicales. Rien à faire, pourtant...

— Pourtant, le docteur buvait, avec moi, des grogs à longueur de soirée, si bien qu'il n'y voyait plus pour faire mes pansements...

— Ne le croyez pas, dit le docteur, je ne bois pas...

— ... d'eau, ajouta vivement le capitaine. L'eau lui fait du tort, mais continuez...

— La blessure allait de l'épaule au poignet. La déchirure devint noire et je sus, tout de suite, ce que cela signifiait. J'amputai le bras. Il n'y avait pas d'autre solution, mais je ne suis pas responsable de ce bras d'ivoire... C'est le charpentier qui l'a fabriqué... Quant à la massue qui le termine, elle sert au capitaine quand il est pris d'une de ses colères dont il est coutumier. Regardez l'enfoncement de mon crâne... Il résulte de la rencontre de ma tête avec cette maudite boule de bois.

— Non, fit le capitaine en riant, c'est de naissance ! Quand ce vieux Bunger mourra, je le ferai saler. Il faut que l'on conserve un pareil phénomène pour l'édification des générations futures.

— Et le cachalot blanc ? demanda Achab qui, visiblement, s'impatientait.

— Je ne le revis plus que longtemps après. J'avais appris qu'il s'appelait Moby Dick, mais je n'eus nulle envie de l'attaquer une nouvelle fois ; un bras suffit, n'est-ce pas ?

— Il n'en voulait pas à votre bras, dit le chirurgien. Son estomac n'est pas à même de le digérer. Je crois que ce cachalot blanc n'est pas plus méchant qu'un autre, il est plus fort, voilà tout...

— En tout cas, ajouta l'Anglais, je n'ai aucune envie de recommencer. Une expérience me suffit... Je l'ai payée d'un bras... Je sais que celui qui tuera Moby Dick sera un héros. Grand bien lui fasse ! Je sais que Moby Dick doit avoir une réserve de spermaceti impressionnante. Elle est bien là où elle est, n'est-ce pas, capitaine ?

— Oui, répondit Achab, mais cela doublera notre plaisir. Nous le prendrons en chasse, ce maudit animal. Il m'attire comme un aimant. Quand l'avez-vous vu, la dernière fois? Où se dirigeait-il?

— Votre sang va bouillir, dit tout à coup le chirurgien qui s'était penché sur Achab et le flairait comme aurait fait un chien. Vous avez la fièvre! Prenez garde! Votre cœur bat si fort que le bateau en est tout ébranlé.

— Arrière, s'écria Achab. Je m'en vais! Quelle route suivait le cachalot blanc? Je vous l'ai déjà demandé.

— Vers l'est, dit le capitaine anglais. Mais, devenez-vous fou?

Achab avait rejoint sa chaloupe en employant le croc à lard.

Il ne répondit pas à son collègue étranger qui le hélait encore et resta debout dans l'embarcation jusqu'à ce qu'elle eût accosté le *Péquod*.

Son visage était dur et impénétrable.

Il faut que je vous parle un peu de ce voilier anglais que nous venions de rencontrer au bout du monde et qui venait de Londres. Son nom était celui d'un riche armateur, Samuel Enderby, fondateur de la firme baleinière qui avait déjà armé des bateaux avant 1775.

Ce fut l'*Amélia*, appartenant aux Enderby qui, en 1778, doubla le cap Horn et fut le premier voilier à pêcher dans les mers du Sud. Il revint lourd de spermaceti et son exemple fut suivi par de nombreux Anglais et de nombreux Américains.

L'*Amélia* avait montré la voie.

C'est encore aux Enderby et fils que revint l'honneur, en 1818, d'avoir envoyé *La sirène* du côté du Japon où furent reconnus d'excellents parages baleiniers. J'eus l'occasion de monter à bord d'un des voiliers de cette maison anglaise, au long des côtes de la Patagonie. Il était environ minuit et les Anglais me reçurent à bras ouverts. Nous bûmes un coup... Lorsque je dis un coup, c'est une façon de parler... Et quand nous nous fûmes bien désaltérés, le vent se leva avec une telle violence qu'il fallut envoyer tous les hommes valides dans la mâture pour attacher les voiles. Plus d'un d'entre eux, en les liant, lièrent en même temps, et sans le savoir, les pans de leur veste, si bien qu'ils restèrent prisonniers, là-haut, et ne redescendirent que dégrisés!... Que cela leur serve de leçon!

Si les Anglais étaient prodigues de leur eau-de-vie, ils ne l'étaient pas moins de leurs vivres. J'ai mangé chez eux du bœuf excellent, des boulettes de viande exquises, bien qu'un peu dures, et du pain d'une saveur inoubliable. Oui, ce navire était un fier navire, hospitalier avec un équipage toujours en bonne santé, et toujours de bonne humeur. Avait-il un secret? Mais non, rien que des cales bien remplies de tout ce que l'homme aime comme aliments solides et aliments liquides. J'eus le temps de réfléchir à toutes ces choses puisqu'il me fallut trois longues journées pour digérer le bœuf et le pain arrosés de bière et d'alcool.

Je lus, plus tard, que les Hollandais, eux aussi, consommaient sur la mer des quantités invraisemblables de beurre et de fromage. Je vous avouerai que cela entretient le moral. Les indigènes des côtes glaciales ne boivent-ils pas des rasades d'huile rance qui leur permettent de triompher des grands froids mortels qui sévissent dans leur patrie déshéritée ?

On reste rêveur devant la quantité de barils qu'ils emportaient pour une croisière de quelques mois. Que cela n'ait pas toujours facilité le tir des harponneurs me paraît certain ; que des rameurs se soient endormis sur leur banc est vraisemblable ; que de magnifiques bêtes à huile aient ainsi échappé au trépas est plus que probable. Que voulez-vous, sur un bateau où l'on revient de la chasse bredouille, un bon dîner est quand même une prise qui fait plaisir.

Chapitre X

LE CHARPENTIER
ET LE FORGERON AU TRAVAIL

Le capitaine Achab avait quitté précipitamment le *Samuel Enderby,* si précipitamment même que sa jambe d'ivoire avait heurté un banc de canot et s'était fendue.

Achab n'avait pas vu cet accident d'un très bon œil. Il se rappelait que, peu de temps avant le départ de Nantucket, il était tombé, sa jambe d'ivoire s'était brisée et l'avait blessé cruellement au ventre. La guérison n'avait pas été facile. Et nous comprenions maintenant pourquoi le capitaine Achab ne s'était plus montré et était resté cloîtré dans sa cabine.

Les causes de sa chute étaient restées inconnues et, d'ailleurs, personne n'en parlait.

Lorsque Achab revint sur le *Péquod*, il ne perdit pas une minute. Il fit appeler le charpentier et lui donna l'ordre de fabriquer une nouvelle jambe d'ivoire en lui recommandant d'aller vite et de la soigner dans ses moindres détails. Il fit même monter la forge qui gisait à fond de cale pour que le forgeron puisse immédiatement fabriquer les pièces dont le charpentier aurait pu avoir besoin.

Je revois encore cette scène où le charpentier est au travail : il scie, lime, coupe, arrondit un morceau d'os qui deviendra une jambe. Deux lanternes l'éclairent et, au loin, la forge rougeoie.

Le charpentier monologue et éternue. Achab s'approche.

— Eh bien ! Fabricant d'homme !

— Vous arrivez au bon moment. Je dois justement mesurer la longueur.

— Allons, fais ce que tu dois... Et le forgeron, à quoi travaille-t-il ?

— Je crois qu'il fait la bride de serrage.

— Il a allumé un feu d'enfer !

— Le fer doit être chauffé à blanc.

A partir de ce moment, Achab se mit à déraisonner. Il parla de Prométhée qui ressemblait au forgeron et dit qu'il allait lui commander un homme tout entier. Le charpentier ne savait que répondre, d'autant plus que le capitaine lui confia que sa jambe perdue, disparue, pourrie, lui faisait encore mal, il la sentait comme si elle eût été vivante.

Le charpentier éternuait pour cacher sa gêne.

— Pourquoi éternues-tu ? demanda Achab.

— C'est la poudre d'ivoire qui saute sous ma lime et qui m'entre dans le nez.

Achab continuait son délire. Il se comparait à un dieu grec. Tout le tenait prisonnier et il aurait voulu être libre comme l'oiseau. Il s'en alla et le charpentier continua son travail en doutant sérieusement de la solidité des facultés mentales de son maître.

— C'est un drôle d'homme, conclut-il. Oui, c'est bien cela, il est drôle notre pauvre capitaine. Il a épousé une jambe tirée de la mâchoire d'un cachalot. Il ne la quitte pas pour dormir. La voilà, sa jambe de héron qui remplace celle qui a été mise au tombeau. Ce qu'il en use des jambes ! Il parvient même à démolir les jambes d'ivoire. En tout cas, celle que je viens de lui fabriquer est lisse, polie, presque vivante. Demain, il s'appuiera dessus... Qu'elle est belle ! Encore un petit coup de lime ici, un rien de papier de verre, et elle sera parfaite.

Le lendemain, on constata qu'une fuite d'huile assez importante s'était manifestée dans les cales. Nous naviguions aux environs de Formose et des îles Bachi. Achab consultait ses cartes lorsque Starbuck vint pour lui annoncer la mauvaise nouvelle.

— N'entrez pas ! cria Achab. Filez !

— C'est moi, Starbuck... Capitaine, il y a une fuite d'huile.

— Je ne m'arrête pas pour si peu ! Nous

approchons du Japon...

— Nous ne pouvons perdre l'huile qui nous a demandé tant d'efforts.

— Allez-vous en! Tout a des fuites : les barils, le *Péquod*, nous... Filez, vous dis-je!

— Que diront les armateurs? Ceux qui nous ont fait confiance...

— Je m'en moque. Je suis le seul maître ici... Je vous le répète : Filez!

— Capitaine, il faut...

Achab s'était dressé et avait saisi un mousquet chargé qu'il dirigea vers Starbuck, en criant : «Sur le pont!»

La dureté de son regard prouvait qu'il aurait tiré. Starbuck obéit. Achab s'apaisa. Il marcha de long en large, en s'aidant du mousquet comme d'une canne, puis il remit l'arme au ratelier et rejoignit Starbuck.

— Tu es un chic type, Starbuck, dit-il.

Sans doute eut-il un éclair d'honnêté, car il donna des ordres pour que les recherches fussent entreprises immédiatement. Tout ce qui se trouvait dans les cales monta sur le pont mais on ne trouvait pas facilement les maudites fuites. C'est à ce moment, où chaque homme d'équipage était précieux, que Queequeg tomba malade.

Il est vrai qu'il avait eu la vie dure, d'abord comme harponneur, puis comme arrimeur des barils d'huile, dans les ténèbres de la cale. Il y travaillait presque nu, exposé au chaud et au froid. On comprend qu'il attrapa la fièvre.

Le pauvre Queequeg ne quittait plus son hamac et dépérissait à vue d'œil. Ses yeux, à l'approche de la mort que nous sentions venir, s'emplissaient de douceur et de sérénité. Il nous dit qu'il avait peur d'être enfoui dans un sac et d'être lancé à la mer où il deviendrait la proie des requins. Il demanda qu'on veuille bien le placer, lorsqu'il serait mort, dans une pirogue que l'on abandonnerait sur la mer. Le charpentier avait été prévenu et, sans hésiter, vint prendre les mesures de Queequeg. Il y avait à bord une réserve de vieux bois et notre charpentier eut tôt fait d'assembler les planches en cercueil... Il le porta à l'avant en demandant si l'on était disposé à s'en servir tout de suite. Queequeg avait tout entendu. Il demanda que l'on plaçât le cercueil auprès de lui et il le regarda longuement. Il nous pria de déposer, à côté, le fer de son harpon, puis, dans la caisse funèbre, un broc d'eau, un sachet de poussière, un rouleau de toile qui pourrait servir d'oreiller.

— Couchez-moi dans le cercueil, dit-il, afin que je voie si le confort est suffisant... Puis, apportez-moi mon petit fétiche, Yojo.

Quand tout cela fut fait, car on ne refuse rien à un mourant, il fit fermer le couvercle, pas longtemps, car il demanda, après quelques instants, à remonter dans son hamac.

Sur ces entrefaites, le négrillon Pip était arrivé avec son tambourin. L'enfant pleurait. La mort prochaine de son ami le désespérait. Mais le grand malheur n'arriva pas. Queequeg, qui savait que son cercueil était confortable, alla subitement mieux. La boîte du charpentier n'était plus nécessaire.

— Je me suis rappelé quelque chose que je devais faire, dit Queequeg. Je ne pouvais pas mourir maintenant.

On lui demanda si chaque individu pouvait imposer sa volonté à la vie et à la mort, et il répondit qu'il en était sûr. Quelques jours après, Queequeg était en pleine forme et se déclarait prêt à affronter n'importe quel cachalot. Son cercueil lui servit de coffre, et comme il ne le trouvait pas très beau, il sculpta et grava d'étranges ornements sur le couvercle.

Lorsque notre *Péquod* passa entre les îles Bachi et qu'il s'apprêta à pénétrer dans les grandes mers du Sud, ma joie ne connut plus de bornes. Enfin, j'avais devant moi des milliers et des milliers de kilomètres d'eau libre et tous mes rêves étaient comblés. Les flots qui baignent l'Asie mystérieuse sont les mêmes que ceux qui baignent les rives américaines de la Californie. Le monstrueux et attirant océan Pacifique était à nous et nous allions le parcourir en tous sens. Achab semblait transformé. Certes, il était sensible aux effluves, aux parfums qui nous parvenaient des îles, mais plus encore, sans doute, aux souffles marins que nous envoyait l'océan. Enfin, il voyait cet océan, repaire de son ennemi !

Ses lèvres se serraient. Les veines de son front

se gonflaient. Le cachalot blanc l'obsédait et nous l'entendions même dans son sommeil... Il lançait des ordres :

— Tout le monde à son poste ! Le cachalot blanc est là ! C'est du sang que souffle Moby Dick !

Perth, le forgeron, n'avait pas redescendu sa forge dans la cale. On approchait des lieux de pêche et les hommes mettaient de l'ordre dans leur équipement. Perth ne chômait pas. On lui apportait des armes à réparer, des harpons à redresser ou des pointes, des piques, des lances... Perth ne s'énervait pas. Il travaillait posément, consciencieusement et, pourtant, ce vieil homme avait connu bien des drames et des malheurs avant d'échouer sur le *Péquod*.

Une nuit d'hiver, il y a des années, s'étant attardé sur une route de campagne entre deux villes, il avait dû dormir dans une grange. On dut lui amputer le bout des pieds qui avaient gelé. C'est ce qui expliquait sa démarche hésitante. Plus tard, sa famille et lui-même furent dépouillés par des voleurs. Il avait une femme jeune et aimante et de beaux enfants. La maman mourut de chagrin lorsque, Perth, s'étant mis à boire, la forge s'éteignit et l'enclume resta silencieuse. Deux des bambins rejoignirent leur mère, outre-tombe, et Perth désespéré s'en alla à l'aventure. Seul l'océan était capable de le consoler et de le guérir ; Perth s'engagea sur le *Péquod* pour la grande pêche à la baleine.

Perth, qui avait mis son tablier de peau de requin qui lui arrivait aux pieds, travaillait à une tête de pique lorsque le capitaine Achab survint.

— Comment ne deviens-tu pas fou, dit-il au forgeron, à faire un métier pareil? Que répares-tu là?

— Une tête de pique.

— Sera-t-elle aussi bonne qu'avant?

— Oui, capitaine.

— Es-tu capable de rendre lisses toutes les matières, de supprimer toutes les bosses?

— Oui, capitaine, sauf une...

— Supprimerais-tu cette bosse que j'ai sur le front... Si oui, je mettrai ma tête sur ton enclume et ton marteau fera le reste.

— Non, répondit Perth, impossible. C'est justement ce genre de bosselure que je ne puis aplanir.

— Ecoute, ajouta Achab, assez plaisanté. Tu vas laisser là ton travail. J'ai un autre ouvrage pour toi, plus intéressant.

— Parlez, capitaine.

— Je te donnerai un sac de clous de fers de chevaux de course. Tu les transformeras en un harpon que nul cachalot ne pourra briser.

— Il n'y a pas de meilleur métal, capitaine!

— Après, tu me forgeras douze verges que tu tresseras, tordras, martèleras ensemble et tu m'en feras une hampe... Tiens, voilà mes rasoirs, tu les emploieras... Ils deviendront les barbes du harpon... Obéis... Il ne s'agit plus pour moi de manger, de boire ou de me raser...

— Capitaine, ne destinez-vous pas ce harpon au cachalot blanc?

— Oui, c'est pour lui, pour ce démon immaculé...
Et ces arêtes de flèches que tu as chauffées à blanc,
tu ne les plongeras pas dans l'eau pour les tremper...
Je veux du sang pour elles. Ohé! Tashtego,
Queequeg, Daggoo, me donnerez-vous votre sang
de païen pour y tremper mon arme?

Et l'acier fut trempé dans leur sang. Lorsque le
capitaine Achab, dont le visage avait repris sa
sévérité, s'en alla, il emportait une arme magnifique!

A peine avait-il fermé la porte de sa cabine qu'on
entendit le rire étrange et même inquiétant du
négrillon Pip. Que pouvait bien signifier ce rire
d'enfant au milieu de notre tragédie?

Lorsque nous fûmes arrivés dans les parages de
pêche, nous n'eûmes guère l'occasion de chômer. Les
hommes travaillaient dix-huit à vingt heures par jour
et pourchassaient les cachalots, sans grand succès
d'ailleurs.

Il faisait bon. La température était idéale et
avait sur notre comportement une influence certaine.
Nous nous sentions heureux comme des enfants
à sillonner les vertes prairies de l'océan pendant
que le *Péquod*, vigilant, nous attendait dans le
lointain.

Nous fîmes la rencontre d'un trois-mâts de
Nantucket, le *Bachelon* qui, ayant fait bonne pêche,
était plein à craquer. Il avait arboré son grand
pavois et, avant de reprendre le chemin du retour,
venait avec un peu d'orgueil saluer les bateaux qui
n'avaient pas eu sa chance.

Le *Bachelon* était magnifique. Des drapeaux

flottaient partout dans sa mâture. Les trois vigies avaient à leurs chapeaux de longs rubans rouges et, sur le pont, se balançait la mâchoire du dernier cachalot capturé. Il y avait partout des barils remplis du précieux spermaceti, même de chaque côté des nids de pie des vigiles et, plus haut encore, de petits récipients étaient fixés aux barres de perroquet.

Une chance extraordinaire avait favorisé le *Bachelon* qui avait distribué aux baleiniers rencontrés une partie de sa provision de vivres pour faire de la place dans ses cales, et avait dû échanger tout ce qu'il avait pu pour compléter sa collection de barils. Il y avait du spermaceti partout : dans les cabines, dans les coffres soigneusement colmatés, sur les tables, et il n'y avait que les poches du capitaine qui n'en contenaient pas.

Une grande effervescence régnait à bord. D'un côté, des hommes démolissaient le fondoir en hurlant, d'autres dansaient au son des violons que râclaient trois nègres bien installés dans un canot décoré qui se balançait entre le grand mât et l'artimon.

Le capitaine, fier comme un dieu du haut de sa dunette, dominait toute cette animation. Il avait l'air profondément heureux, aussi heureux que le capitaine Achab paraissait sombre et renfrogné.

— Je vous invite, cria le capitaine du *Bachelon*, en brandissant une bouteille. Venez !

— Et le cachalot blanc ? fut la réponse d'Achab.

— Pas vu ! Pas entendu parler... N'existe pas !... Venez à bord. On s'amuse !

— Trop joyeux chez vous... Votre bateau est rempli, le mien est vide, ou presque... Bon voyage ! Je continue ma route...

Et notre *Péquod* s'éloigna, toutes voiles dehors.

Chapitre XI

LA TEMPETE

Le *Bachelon* nous avait, sans doute, porté bonheur. Le jour suivant, nous tuâmes quatre cachalots. Trois furent attachés contre les flancs du *Péquod* et la ronde infernale des requins commença. Le quatrième ne put être amené que le matin et une baleinière, celle d'Achab, passa toute la nuit auprès de lui.

La saison de pêche battait son plein. Nous sillonnions l'océan à la recherche du mystérieux cachalot blanc. Achab ne quittait plus le sextant qui lui indiquait la position exacte du navire, mais nous le voyions s'énerver de plus en plus, si bien qu'il finit par injurier l'instrument de mesure. Il le jeta brutalement sur le pont :

— Je ne veux plus de toi, cria-t-il. Je me dirigerai bien seul. Maudit sois-tu !

Et, dans sa rage, il frappa, à coups de talon et de pilon de sa jambe d'ivoire, le sextant qui fut réduit en miettes. Les hommes d'équipage apeurés, par cette fièvre, s'étaient groupés, muets, à l'avant du bateau.

Tout à coup, Achab donna des ordres. Le navire se cabra et prit un nouvel élan pendant que le capitaine arpentait tumultueusement le pont. Pensif, Starbuck le regardait. C'est alors qu'Achab murmura ces paroles énigmatiques :

— On a mis des cartes dans mes mains, je dois les jouer.

Jusqu'à présent, le temps nous avait été propice. Le ciel était resté clair, laqué presque, le soleil prodiguant ses rayons de feu sur une mer de métal ; mais, dans ces régions, tout est traître et c'est brusquement que nous fûmes pris dans un épouvantable typhon. Le *Péquod* avait perdu toutes ses voiles et voguait désemparé dans la nuit traversée d'éclairs.

Agrippé à un hauban, Starbuck se tenait sur le gaillard d'arrière. A chaque nouvel éclair, il levait rapidement les yeux pour voir quel désastre supplémentaire avait pu atteindre l'enchevêtrement des cordages, là-haut, tandis que Stubb et Flask dirigeaient les hommes peinant à hisser plus haut et à amarrer plus fermement les embarcations. Mais tous leurs efforts semblaient vains. Bien qu'elle eût été hissée jusqu'au sommet des bossoirs, la baleinière d'Achab n'y échappa point. Une lame énorme se jetant contre le haut du flanc du navire défonça l'arrière de l'embarcation.

— Vois, cria Starbuck, saisissant Stubb par l'épaule et lui montrant de la main le gaillard battu du vent; regarde, la tempête vient de l'est, la direction que doit prendre Achab pour atteindre Moby Dick. La direction qu'il a prise aujourd'hui même à midi. Regarde sa baleinière! Où a-t-elle été défoncée? A l'arrière, mon gars, où il a l'habitude de se tenir.

— Je ne comprends pas bien; qu'est-ce qui se passe?

— Oui, oui, le tour du cap de Bonne-Espérance, le chemin le plus court pour Nantucket, monologua soudain Starbuck sans prêter attention à la question de Stubb; la tempête qui défonce à coups de marteau, nous pouvons la changer en bonne prise pour retourner chez nous. Tiens, ça s'éclaire par là, mais ce n'est pas la foudre.

A ce moment, dans les ténèbres profondes qui suivaient l'éclat des éclairs, le second entendit une voix près de lui, et, presque au même instant, une salve de tonnerre roula sur sa tête.

— Qui est là? cria-t-il.

— Le vieux tonnerre! répondit Achab qui tâtonnait le long du pavois pour atteindre son trou à pivot dont le chemin fut subitement éclairé par des zigzags de feu.

Or, comme le paratonnerre qu'on met sur les hautes tours de la terre pour conduire la dangereuse force au sol, certains vaisseaux portent à chaque mât une tige servant à la mener dans l'eau. Comme ce fil conducteur doit descendre à une profondeur considérable afin que son extrémité ne soit jamais en contact avec la coque et que, de plus, s'il était constamment à la remorque, il pourrait causer beaucoup d'accidents — sans compter qu'il risquerait de se mêler aux agrès et d'entraver la marche du vaisseau —, les parties inférieures des paratonnerres des navires ne sont pas toujours fixées, mais consistent en de longues et petites chaînes que l'on peut rapidement joindre aux chaînes extérieures ou jeter dans la mer à l'occasion.

— Les paratonnerres, les paratonnerres, cria Starbuck aux matelots. Sont-ils par-dessus bord? Jetez-les dans l'eau à l'arrière et à l'avant. Vite!

— Laissez, ordonna Achab; il faut jouer le jeu honnêtement, bien que nous soyons les plus faibles. Je serais le premier à aider à dresser des paratonnerres sur l'Himalaya et sur les Andes pour que le monde entier soit en sécurité; mais ne trichons pas! Laissez les nôtres où ils sont, Monsieur.

— Regardez là-haut! cria Starbuck, le feu Saint-Elme! les revenants! les revenants!

L'équipage se taisait, comme médusé, dans l'étrange lueur blafarde du feu mystérieux. Daggoo semblait énorme. Tashtego gardait la bouche ouverte et on aurait dit que chacune de ses dents portait la flamme maudite. Quant à Queequeg, ses tatouages ressortaient de façon vraiment diabolique.

— J'ai demandé pitié, dit Stubb, pourtant je crois que le feu Saint-Elme ne nous annonce rien de mauvais... les mâts plongent dans la cale pleine de spermaceti. Ils vont devenir des cierges... Le spermaceti va monter en eux. Regardez comme les flammes deviennent grandes... Pitié! feu Saint-Elme! Pitié!

Les hommes d'équipage se tenaient immobiles serrés les uns contre les autres, un peu comme des morts.

— C'est bon signe, cria Achab, la flamme nous indique la voie à suivre pour atteindre Moby Dick.

Puis il parla comme s'il s'adressait à un dieu. Son discours incohérent ressemblait à du délire et ceux qui l'entendaient, sans le comprendre, en étaient effrayés.

— Qu'il regarde son canot! s'écria Starbuck.

Une lame avait défoncé l'arrière de la baleinière d'Achab, nous le savons. Le harpon forgé par Perth était fixé à l'avant et avait perdu la coiffe qui le protégeait... et une flamme brûlait également à sa pointe. On aurait dit une langue de serpent.

Starbuck saisit le bras du vieil homme et dit :

— Dieu! Dieu est contre toi, vieillard; renonce à ton projet. C'est un mauvais voyage mal commencé, mal poursuivi. Laisse-moi faire demi-tour pendant qu'il en est temps, vieillard, et prendre un vent favorable au retour chez nous en faisant un meilleur voyage que celui-ci.

En entendant Starbuck, l'équipage affolé courut aussitôt aux bras de vergues, bien qu'aucune voile ne fût demeurée là-haut. Pour l'instant, il semblait partager les sentiments du second épouvanté ; il poussa presque un cri de révolte. Mais, lâchant les chaînons du paratonnerre et se saisissant du harpon ardent, Achab le brandit comme une torche au milieu d'eux, jurant de transpercer le premier matelot qui toucherait le moindre bout de cordage. Pétrifiés par son aspect et plus encore par le harpon enflammé, les hommes, terrorisés, reculèrent. Alors Achab parla de nouveau :

— Vous avez juré de chasser la baleine blanche avec moi ; vous êtes attachés à cette œuvre comme moi j'y suis attaché par le cœur, l'âme, le corps, les poumons, la vie. Vous allez voir la force de mon cœur. Regardez ça ! J'éteins la peur.

Et d'un seul souffle il éteignit la flamme.

Comme au gros d'un orage qui balaie la plaine, les hommes fuient le voisinage d'un orme gigantesque et solitaire que sa hauteur dangereuse désigne à la foudre, ainsi, aux dernières paroles d'Achab, les hommes terrifiés se sauvèrent en courant.

Un peu plus tard, Starbuck voulut faire comprendre à Achab que la prudence commandait quelques manœuvres ; il dut s'incliner devant la volonté du vieillard qui refusait de prendre la moindre précaution.

Pourtant, le typhon était loin d'être terminé. Il hurlait toujours avec la même intensité. Tashtego, lui aussi, était affolé et on l'entendait imiter le tonnerre et crier :

— Bou bou boum !... Assez !... Assez !... Bou bou boum ! Plus de tonnerre ! Qu'on nous donne du rhum ! du rhum !...

Vous voyez dans quel état nous nous trouvions à peu près tous sur ce malheureux *Péquod*. Et ce n'était pas tout ! L'ouragan emporta nos voiles déchirées qui s'envolèrent comme de grands oiseaux pendant que les aiguilles du compas s'agitaient, folles, elles aussi.

Des voiles neuves furent mises en place et, le vent ayant tourné, le bateau reprit la route qu'Achab voulait lui donner. Aussitôt, le danger s'étant écarté, les hommes d'équipage reprirent courage et oublièrent les funestes présages.

Starbuck était descendu pour faire son rapport au capitaine Achab qui s'était retiré dans sa cabine. Avant de frapper à la porte, il aperçut, sur la cloison, une rangée de mousquets. Toutes sortes de pensées se bousculèrent en lui. Starbuck était honnête, et pourtant, il ne comprit pas tout de suite l'horreur de l'acte qu'il aurait pu commettre.

— Il n'y a pas longtemps, vieux capitaine, murmura-t-il, tu as braqué ce mousquet que je reconnais... Aujourd'hui, c'est moi qui le prends, qui l'examine en tremblant... Pourquoi en tremblant ? Je n'ai pas peur. Tiens, tiens, il est chargé !... Ne serait-il pas prudent de le décharger... Que suis-je venu faire ici?... Ah oui! Annoncer que le vent est bon... bon pour mourir... Bon pour Moby Dick... Oui, oui, il a voulu me tuer... Il est d'ailleurs prêt à massacrer l'équipage s'il n'est pas obéi. Et voilà que nous naviguons sans sextant puisqu'il l'a brisé, sur des mers inconnues, pleines d'orages et de tempêtes. Ce vieux fou nous attire dans l'abîme avec lui. Il nous fera mourir tous. Il rêve peut-être à Moby Dick... Si je le faisais prisonnier... Si je le ligotais... Rien que la pensée qu'il pourrait être enchaîné le rend plus terrible encore. Rien que son regard nous forcerait à obéir!... Et pourtant, nous sommes à des milliers de kilomètres de chez nous, perdus entre deux continents, et je n'ose pas faire le geste qui nous délivrerait, qui nous sauverait...

Tout en parlant, Starbuck avait levé le canon de son arme et le pointait vers la porte fragile.

— Je te vois, Achab, en pensée, dans ton hamac, là, derrière la porte. La tête vient là... Je le sais... Je n'ai qu'à presser la détente et je deviens maître du navire... Je me sauve en même temps que tous les autres... Je puis rentrer chez moi, revoir ma femme, serrer mon enfant contre mon cœur... Si je ne tire pas, Dieu sait où ce vieil homme fou nous entraînera! Que faire?... Que dois-je faire?... Que dois-je faire?...

L'arme était toujours braquée. Tout à coup, la voix d'Achab s'éleva, derrière la cloison. Il rêvait tout haut et Starbuck entendit:

— Ah! Voilà Moby Dick... Je tiens le cachalot blanc! Je le tiens!

Starbuck tremblait. Il baissa l'arme et la remit dans le râtelier, à côté des autres.

Il remonta sur le pont, incapable d'éveiller le capitaine et de lui présenter son rapport. Stubb était là. Ce fut lui qui s'en chargea.

Chapitre XII

DES INSTRUMENTS DE BORD DEFECTUEUX

Le lendemain matin, la mer qui n'était pas encore apaisée roula de grandes lames lentes, d'un volume énorme, qui se précipitaient dans le sillage bruyant du *Péquod*, poussant ce dernier comme des mains de géant ; l'univers entier voguait.

Achab garda longtemps un silence magique. Il se tenait à l'écart. Chaque fois que le beaupré du vaisseau qui tanguait s'enfonçait, il se retournait pour regarder les vifs rayons du soleil qui tombaient à l'avant, et il se retournait de nouveau pour voir à l'arrière les rayons jaunes se mêler au sillage droit.

— Ha! Ha! dit-il entre ses dents. Ha! mon navire est en ce moment comme un chariot marin du soleil. Ha, Ha! nations, toutes tant que vous êtes devant ma proue, je vous apporte le soleil...

Mais quelque pensée nouvelle lui venait à l'esprit et, le ramenant à la réalité, il se précipita vers le gouvernail et, d'une voix rauque, demanda quel était le cap du navire.

— Est-sud-est, Sir, répondit le timonier effrayé.

— Tu mens! L'est à cette heure du matin? avec le soleil derrière?

L'équipage fut consterné car le phénomène observé par Achab avait inconcevablement échappé à tous, peut-être même parce qu'il crevait les yeux.

Passant à demi la tête dans l'habitacle, Achab jeta un coup d'œil sur le compas. Son bras levé tomba lentement, et, pendant un instant, il parut sur le point de chanceler. Debout derrière lui, Starbuck regarda à son tour; chose curieuse, les deux boussoles marquaient l'est alors que le *Péquod* allait indubitablement vers l'ouest.

Avant qu'une folle alarme pût se propager dans l'équipage, le vieillard, avec un rire sec, s'esclaffa:

— J'ai compris! C'est déjà arrivé, Starbuck, la foudre a faussé le compas, voilà tout. Tu as déjà entendu parler de cette chose-là, je suppose?

— Oui, mais je ne l'avais jamais vue, répondit d'un air sombre le second, tout pâle.

Il faut dire ici que les accidents de ce genre sont arrivés à plus d'un vaisseau au cours d'un violent orage. La force magnétique de l'aiguille marine est, comme chacun sait, de la même nature que l'électricité de l'air, il n'est donc pas surprenant que de telles choses arrivent. Dans certains cas où la foudre a frappé le vaisseau, la qualité d'animation des aiguilles a été supprimée et elles ne sont alors pas plus aptes à servir que des aiguilles à tricoter d'une vieille ménagère.

Debout devant l'habitacle, et fixant l'aiguille affolée, le vieillard, du tranchant de sa main étendue, releva la position précise du soleil et, certain alors que les aiguilles étaient exactement retournées, il cria des ordres pour que la direction du vaisseau fût changée.

Face au vent, il reprit sa route obstinée vers son destin. Starbuck, Stubb et Flask étaient restés muets. Les hommes d'équipage avaient un peu chuchoté, mais la crainte que leur inspirait Achab avait été plus forte que leur mécontentement. Achab savait bien que les marins, très superstitieux, n'aimaient pas naviguer avec des boussoles faussées. Il appela Starbuck.

— Apportez-moi, dit-il, un fer de lance, un marteau, une aiguille. Marins, écoutez-moi !... Avec cela, je suis capable de vous fabriquer une boussole qui nous indiquera fidèlement le nord.

Il battit l'acier de la lance dont il avait préalablement rompu le bout. L'aiguille également martelée fut posée, puis il la saisit et l'attacha à un fil, par son milieu ; ensuite, après avoir enlevé l'aiguille faussée de la boussole, il promena la sienne au-dessus de la rose des vents. Elle vibra, tourna, hésita puis, finalement, prit une direction qu'elle ne quitta plus.

— Vous voyez, cria Achab, j'avais raison ! La nouvelle boussole me donne raison !

Les hommes vinrent constater le succès du capitaine et se penchèrent sur le compas, puis s'en allèrent sans desserrer les lèvres.

Achab, fou d'orgueil, les contemplait, méprisant.

Beaucoup de baleiniers emploient le loch pour calculer leur vitesse. Le *Péquod* ne s'en était jamais servi et tout avait été comme vous le savez. Notre instrument inutilisé et exposé à toutes les intempéries était fort abîmé. Lorsque le capitaine Achab commanda de filer le loch, un des marins lui fit remarquer que la chaleur et la pluie l'avaient détérioré.

— Qu'importe ! s'écria Achab. Il tiendra comme tu as tenu puisque la chaleur et l'humidité ne t'ont point rongé.

Le loch fut filé, mais la mer ne lui permit pas de fonctionner longtemps. Il fut emporté par les flots.

— Je le ferai réparer, cria Achab. Qu'on m'appelle le charpentier, et vous autres, retirez la ligne et examinez-la sérieusement.

Pip, le négrillon, se trouvait là. Il avait regardé la scène et paraissait aussi hagard qu'à son habitude, mais Achab le regarda comme s'il le voyait pour la première fois. Soudain, il fut pris pour lui d'une intense pitié.

— Viens, petit, dit-il. Quelque chose me commande d'être bon envers toi. Viens, ma cabine sera la tienne comme mon cœur est ton cœur. Donne-moi ta main.

— Oh, s'écria Pip, comme votre peau est douce. Il me semble qu'elle sera mon salut... Oh, si Perth le forgeron pouvait de votre main et de la mienne n'en faire qu'une, je serais heureux.

— Accompagne-moi, petit, dit Achab. Je ne te lâcherai plus à moins que les pires malheurs ne viennent à ma rencontre !... Je sens ta petite main noire et je suis plus heureux que si je tenais celle d'un roi.

Achab et Pip s'éloignèrent pendant que les marins s'occupaient du loch. La ligne était en si mauvais état qu'ils jugèrent préférable d'en parler à Stubb et de lui en demander une nouvelle.

Notre proue visait toujours le sud-est. L'aiguille d'Achab nous maintenait dans la bonne voie, et son loch nous renseignait sur notre avance.

Sur une mer extraordinairement calme, nous voguions vers l'équateur. Un jour, peu avant l'aube, un cri effrayant fit sursauter tous les hommes. Une plainte, une lamentation venant des ténèbres encore épaisses, glaça leur sang. Personne ne bougea, la frayeur avait pétrifié l'équipage. Achab dormait. Il n'apparut sur le pont qu'aux premières lueurs du jour et Flask dut lui expliquer ce qui s'était passé. Achab se mit à rire.

— Nous longeons des écueils, dit-il, qui sont couverts de phoques. Eux aussi ont des malheurs et ce sont leurs hurlements que vous avez entendus. Ils se plaignent comme nous... La forme de leur tête est presque humaine...

Toutes ces explications ne rassurèrent pas l'équipage qui croyait que les cris étaient de mauvais augure. En effet, l'homme qui devait occuper le poste de vigie y était monté depuis quelques instants lorsqu'on l'entendit crier. Que s'était-il passé, là-haut, nul ne le sut... En tout cas, l'homme fut précipité dans les flots. On lança une bouée à la mer, mais elle ne fut d'aucune utilité. Le marin ne réapparut pas et la bouée — un tonnelet — sombra, elle aussi.

Ce drame rapide avait épouvanté l'équipage qui y voyait un signe sinistre.

Il fallait maintenant remplacer la bouée de sauvetage. Starbuck reçut l'ordre de s'en charger. On ne trouvait pas de barrique assez légère et, dans la fiévreuse attente du dénouement qui semblait proche, tout travail n'ayant pas de rapport direct avec le but, quel qu'il puisse être, impatientait les hommes. On allait finalement quitter l'arrière sans y avoir remis de bouée, quand Queequeg, au moyen de certains signes étranges et d'allusions fit penser à son cercueil.

— Faire une bouée d'un cercueil, s'exclama Starbuck en tressaillant.

— A mon idée, c'est assez bizarre, dit Stubb.

— Ça pourrait aller, remarqua Flask. Notre charpentier peut facilement l'arranger.

— Montez-le, puisqu'il n'y a pas autre chose, fit Starbuck, après une pause mélancolique. Arrangez-le ! Charpentier, ne me regarde pas comme ça ! Le cercueil, je veux dire. Tu m'entends ? Arrange-le.

— Faut-il clouer le couvercle ? demanda le charpentier, en faisant comme s'il avait eu un marteau à la main.

— Oui.

— Et calfater les jointures ? continua l'homme, en faisant le geste de calfater. Et le goudronner ? Il eut l'air de manier un pinceau.

— Fiche-moi le camp ! Qu'est-ce qui te prend ? Fais une bouée de sauvetage de ce cercueil, c'est tout !

Mais le travail ne plaisait guère au charpentier qui l'entreprit à contre-cœur.

— C'est dégradant, murmura-t-il entre ses dents. C'est un raccommodage ! Bah ! je ne suis pas superstitieux... On me demande un lit, je fabrique un lit, on me demande un cercueil, je fabrique un cercueil. On veut une bouée, on aura une bouée ; et j'y attacherai une trentaine de filins. Comme cela, si nous sombrons un jour, trente hommes pourront se disputer un seul cercueil...

On plaça ce cercueil-bouée près de l'écoutille dont le panneau est ouvert. Le charpentier était en train d'y travailler activement lorsque Achab s'approcha lentement, suivi du négrillon Pip.

— Va-t'en, dit le capitaine à l'enfant. Retourne dans la cabine. Puis, s'adressant au charpentier : Que fabriques-tu là ?

— Monsieur Starbuck m'a demandé de faire une nouvelle bouée... Méfiez-vous, capitaine, l'écoutille est ouverte.

— Oui, oui, je vois. Le cercueil est à côté de la fosse. Tu es aussi faiseur de jambes. C'est bien... celle que tu m'as fabriquée me sert parfaitement... Tu t'occupes également des pompes funèbres.

— Oui, capitaine. Le cercueil était destiné à Queequeg qui, croyait-on, allait mourir ; maintenant, je le transforme en bouée.

— En réalité, charpentier, tu n'as pas de principe. Tu fais tout : jambe, cercueil, bouée... Peu importe... Et je me demande si tu ne chantes pas à tue-tête, en clouant tes cercueils...

— Pourquoi pas, capitaine, cela peut m'arriver, mais mon marteau fait déjà une fort belle musique. Ecoutez...

— Oui, allons, dépêche-toi, que je n'aie plus ce spectacle macabre sous les yeux.

Achab s'éloigna.

Le charpentier ne put s'empêcher de réfléchir aux propos d'Achab :

— Le voilà parti... Quel être bizarre... Il paraît qu'une des îles Galapagos est coupée par l'équateur... Le capitaine serait bien, lui aussi, traversé par une ligne mystérieuse... Toujours brûlante... Bon, il se retourne, il me surveille encore, le vieux diable... Allons, charpentier, travaille... Où est mon maillet?... Vous allez entendre une musique...

Chapitre XIII

SUR LES TRACES DE LA BALEINE BLANCHE

Le lendemain, un grand bateau, le *Rachel*, fut aperçu venant droit sur le *Péquod*, toutes ses vergues encombrées d'hommes. A ce moment-là, le *Péquod* filait sur l'eau à bonne vitesse. Mais au moment où l'étranger aux larges ailes nous approcha, ses voiles arrogantes se désenflèrent comme des vessies percées et toute vie parut fuir de la coque blessée.

— Mauvaises nouvelles ; il apporte de mauvaises nouvelles, murmura un vieux matelot.

Avant que son capitaine, qui se tenait dans son embarcation, le porte-voix à la main, n'ait eu le temps de nous lancer un appel plein d'espoir, la voix d'Achab se fit entendre :

— Avez-vous vu la baleine blanche?

— Oui, hier. Avez-vous vu une baleine à la dérive?

Etouffant sa joie, Achab répondit négativement à cette question inattendue, et serait volontiers monté à bord du vaisseau étranger si, à ce moment, on n'avait vu l'autre capitaine faire descendre son canot le long des flancs de son bâtiment après avoir arrêté la marche. Après quelques bons coups d'aviron, le canot eut bientôt agrippé les grosses chaînes du *Péquod*. Le capitaine sauta sur le pont.

Achab le reconnut alors comme un de Nantucket, mais ils n'échangèrent aucune salutation d'usage.

— Où était-elle? Pas tuée... pas tuée? cria Achab s'approchant tout près de l'autre, qu'est-ce qui s'est passé?

Et le capitaine du *Rachel* parla :

— Trois de nos baleinières poursuivaient des cachalots et avaient été entraînées à quelques milles du navire lorsque, non loin de nous, émergea l'énorme bosse du cachalot blanc. C'était lui!... Nous possédions un canot de réserve. Nous le mîmes à la mer et l'attaque commença. Il me semble que le monstre fut touché car le canot fila jusqu'à l'horizon... Nous vîmes un éclat blanc puis plus rien... Sans doute, la bête blessée remorquait-elle la baleinière! Ce n'est pas rare, et nous étions, au fond, sans inquiétude... Nous dûmes aller à la rencontre de nos trois autres barques et nous nous éloignâmes encore de la quatrième... Quand les

trois équipages furent rentrés, nous nous occupâmes du dernier. Les hommes se mirent en vigie, dans la mâture. Un feu fut allumé qui servit de phare pour la nuit... Peine inutile... Le canot était introuvable... La mer fut parcourue en tous sens. Les baleinières, remises à l'eau, participèrent aux recherches... vainement... Ne pourriez-vous pas vous joindre à nous et nous aider?... On ne peut abandonner des marins perdus sur l'océan... Les deux navires suivraient des routes parallèles à quelque distance l'un de l'autre, et ainsi, une plus vaste surface pourrait être inspectée...

Stubb n'en revenait pas. Jamais on n'avait vu, en pleine saison de pêche, un capitaine témoigner autant de sollicitude à un canot manquant, mais on eut bientôt l'explication.

— Mon fils est sur ce canot, dit le capitaine du *Rachel*. Je vous en prie, aidez-moi à le retrouver. Donnez-moi quarante-huit heures, je vous paierai royalement... Vous ne pouvez pas me refuser cela... Non, vous ne pouvez pas... Vous devez m'aider!

Nous apprîmes encore qu'un autre fils avait fait partie de l'équipage d'une des trois baleinières et qu'ainsi le malheureux père avait craint pour la vie de deux de ses enfants. Et celui qu'on recherchait maintenant n'avait que douze ans.

Cependant, l'étranger continuait de demander sa pauvre faveur à Achab; ce dernier restait toujours pareil à une enclume, recevant chaque choc sans broncher.

— Je ne partirai pas, disait-il, avant que vous ayez dit *oui*. Faites pour moi ce que vous voudriez qu'on fasse pour vous dans un pareil cas. Car vous avez aussi, capitaine Achab — quoiqu'il ne soit encore qu'enfant et qu'il soit en ce moment bien en sûreté chez vous —, un enfant de votre vieillesse... Oui, oui, laissez-vous toucher ; je le vois... Courez, courez les hommes et apprêtez-vous.

— Halte-là ! cria Achab, ne touchez pas à un seul cordage ; puis d'une voix lente qui scandait chaque mot : capitaine Gardiner, dit-il, ne comptez pas sur moi. En ce moment même, je perds mon temps. Adieu. Adieu. Que Dieu vous bénisse et puisse me pardonner, mais il faut partir. Starbuck, voyez la montre de l'habitacle. Dans trois minutes, à partir de maintenant, avertissez tous ceux qui sont étrangers à ce bord d'avoir à se retirer ; puis de nouveau en avant, et que le vaisseau continue son chemin !

Pivotant hâtivement, le visage détourné, il descendit à sa cabine, laissant le capitaine étranger pétrifié par ce refus total à ses ardentes supplications. Mais, en sortant brusquement de sa torpeur, Gardiner se hâta sans mot dire vers la coupée et, se laissant tomber plutôt qu'il ne descendit dans son canot, il retourna à son vaisseau.

Les sillages des deux navires divergèrent bientôt ; et pour aussi longtemps que le vaisseau étranger resta visible, on le vit faire des embardées çà et là vers chaque tache sombre, si petite qu'elle fût, qui paraissait en mer. De part et d'autre, ses vergues se balançaient tandis qu'il continuait à louvoyer, luttant maintenant de front contre la lame, la poussant même devant lui ; pendant ce temps, ses mâts et ses vergues restaient couverts de grappes d'hommes comme trois grands cerisiers quand des garçons cueillent des cerises parmi les branches.

Mais par sa nage hésitante et sa pitoyable route de serpent, on voyait bien que ce vaisseau qui pleurait tant de larmes d'écume était toujours sans réconfort. Comme Rachel pleurant ses enfants perdus...

Et maintenant, après une croisière préliminaire si étendue et si longue — toutes les eaux baleinières ayant été parcourues —, Achab paraissait avoir atteint la place et le moment propices : il semblait avoir traqué son ennemi dans un parc de l'océan afin de l'y tuer plus facilement. A peu de choses près, il se trouvait aux mêmes latitude et longitude où sa blessure lui avait été infligée.

A présent que l'on venait de héler un bateau qui avait rencontré Moby Dick, et que toutes les rencontres des précédents vaisseaux concouraient de diverses manières à montrer la démoniaque indifférence avec laquelle la baleine blanche mettait en pièce ses chasseurs, quelque chose de quasi insoutenable pour les âmes faibles apparut dans les yeux du vieillard. Il dominait si bien les membres de l'équipage que leurs mauvais présages, leurs doutes, leur craintes étaient forcés de se cacher dans leurs âmes.

Toute espèce d'humour disparut. Stubb n'essayait plus de faire rire. Starbuck ne tentait plus de rien empêcher. Comme des mécaniques, ils se déplaçaient, muets, sur le pont, avec la sensation de l'œil despotique du vieillard toujours posé sur eux.

Un nouveau mystère étrange semblait maintenant recouvrir tout le maigre Fédallah ; des frissons troubles le secouaient sans cesse, à tel point qu'en vérité, on pouvait se demander s'il était l'homme ou l'ombre flottante de quelqu'un d'invisible, jetée sur le pont qu'elle couvrait toujours. Car, même de nuit, on n'avait jamais pu avoir la certitude que Fédallah dormait ou descendait en bas. Il restait debout sans bouger pendant des heures, ne s'asseyant ni ne s'appuyant jamais.

A n'importe quelle heure du jour ou de la nuit, les matelots ne pouvaient faire un pas sur le pont sans tomber sur Achab debout dans son trou de pivot, ou arpentant le pont entre les deux limites du grand mât et de l'artimon ; ou bien encore, ils le voyaient dressé dans l'écoutille de la cabine avant, son chapeau rabattu sur ses yeux.

Malgré son immobilité, malgré l'accumulation des jours et des nuits au cours desquels il n'avait point couché dans son hamac, ils ne pouvaient, à le voir ainsi caché sous son chapeau, dire avec certitude si ses yeux se fermaient par moments ou s'ils ne continuaient pas toujours de guetter. Peu lui importait, tandis qu'il se tenait ainsi debout durant une heure entière, que l'humidité nocturne couvrît de perles son manteau et son chapeau. Les vêtements que la nuit avait mouillés, le soleil du lendemain les séchait sur lui. Et ce fut ainsi, jour après jour, nuit après nuit. Il ne descendait plus dans sa cabine; tout ce dont il avait besoin, il l'envoyait chercher.

De même, il mangeait au grand air : le petit déjeuner et le déjeuner de midi; il ne touchait jamais au souper. Il ne soignait plus sa barbe qui poussait en broussaille.

A la toute première lueur pâle de l'aube, on entendait d'en haut sa voix de fer :

— Garnissez les nids-de-pie!

Et toute la journée, jusqu'après le couchant et le crépuscule, à chaque heure, quand la cloche du timonier sonnait, la même voix montait :

— Que voyez-vous?... Vite! Vite!

Mais des trois ou quatre jours qui suivirent la rencontre du *Rachel*, chercheur d'enfants, aucun jet n'ayant été aperçu, le vieillard sembla douter de la fidélité de l'équipage, de presque tous ses hommes, sauf des harponneurs païens. Il parut même penser que Stubb et Flask, ayant aperçu ce qu'il cherchait, avaient fermé les yeux. Mais si véritablement il avait ces soupçons, il se garda sagement d'en rien dire; son allure seulement paraissait l'insinuer.

— Moi-même, je verrai la baleine le premier, dit-il; c'est moi, Achab, qui aurai le doublon!

De ses propres mains, il tressa en corbeille un nid de boulines, puis, envoyant un matelot en haut, en tête du mât de misaine, avec une poulie, il reçut les deux extrémités de la ligne, en fixa une à la corbeille, et prépara une cheville pour l'autre. Ceci fait, ce dernier bout encore dans la main, se tenant debout auprès de la cheville, il regarda son équipage ; son regard passa de l'un à l'autre, s'arrêtant longuement sur Daggoo, Queequeg et Tashtego, mais en évitant Fédallah ; puis, fixant ferme son regard sur son second, il dit :

— Tenez la ligne, je la place entre vos mains, Starbuck.

Il s'installa dans la corbeille et donna l'ordre qu'on le hissât ; Starbuck étant celui qui, finalement, devait attacher la ligne et ensuite se tenir debout auprès d'elle.

Ainsi, Achab explora la mer pendant des milles et des milles en avant, en arrière, d'un côté et de l'autre ; tout horizon rond que commandait une telle hauteur.

Pour pouvoir travailler de ses mains à quelque endroit très élevé, presque isolé, dans le gréement et n'offrant aucune prise aux pieds, le matelot est hissé par une corde dont le bout, attaché au pont, est toujours confié exclusivement à un seul homme qui en a la garde particulière. Dans un tel désert de gréements mouvants, on ne peut pas toujours voir ce qui peut se passer en bas et si, par manque de vigilance du veilleur, le bout fixé sur le pont se détache, l'échafaudage là-haut s'écroule et, sans que l'équipage y fasse attention, l'homme plonge dans la mer.

Le procédé d'Achab n'allait donc point contre les habitudes ; l'étrange, c'était d'avoir choisi Starbuck, le seul homme qui avait osé l'affronter avec un tant soit peu de fermeté, un de ceux aussi dont la fidélité de garde pouvait lui sembler douteuse ; l'étrange, dis-je, était de l'avoir choisi, lui, d'avoir remis librement sa vie entre les mains d'un être dont justement il se méfiait tant.

Or, la première fois qu'Achab fut hissé, dix minutes ne s'étaient pas écoulées qu'un de ces farouches faucons de mer qu'on voit fréquemment voler autour des vigies des baleiniers dans ces latitudes vint tournoyer et crier autour de sa tête.

Mais Achab, le regard fixé sur le lointain et pâle horizon ne semblait pas remarquer l'oiseau sauvage ; en vérité, personne d'autre n'y aurait fait attention si un incident assez fréquent n'était survenu ; l'œil le moins attentif donnant alors une signification maligne à presque tout.

— Votre chapeau ! Votre chapeau ! Sir ! cria soudain le matelot sicilien qui, posté en vigie au mât de perroquet, se trouvait directement derrière Achab, bien qu'à un niveau plus bas et séparé de lui par un profond abîme.

Mais déjà l'aile noire passait devant les yeux du vieillard et le long bec crochu frappa son chapeau ; avec un cri perçant, le faucon noir s'élança avec sa prise.

Une légende dit que si le chapeau est replacé, c'est de bon augure.

La chapeau d'Achab ne fut jamais replacé ; le

faucon sauvage poursuivit son vol en l'emportant loin devant la proue et finalement il disparut. A l'endroit où il s'enfuit, on vit vaguement un petit flocon noir tomber de cette immense hauteur dans la mer.

Le *Péquod* continuait à voguer; les vagues et les jours passèrent; la bouée de sauvetage-cercueil se balançait toujours légèrement. C'est alors qu'un navire — malencontreusement nommé le *Délice* — fut aperçu. Tandis qu'il approchait, tous les yeux virent ces larges pièces de bois nommées bigues qui, à bord de certains baleiniers, traversent le gaillard d'arrière et servent souvent à porter les canots avariés, dégréés ou de rechange.

Sur les bigues du navire étranger, on apercevait la blanche membrure brisée et quelques planches rompues de ce qui avait été un canot; mais on voyait maintenant à travers cette épave, comme on voit à travers le squelette blanchi, décharné et à demi désossé d'un cheval.

— As-tu vu la baleine blanche?

— Regarde! répondit le capitaine aux joues creuses; et il montra l'épave.

— Tu l'as tuée?

— Le harpon qui la tuera n'a pas encore été forgé, répondit l'autre, en regardant tristement sur le pont un hamac tout gonflé que des matelots étaient en train de coudre en silence. Pas encore été forgé!

Achab arracha de sa fourche le fer forgé par

Perth et le brandit en s'écriant :

— Regardez, Nantuckais, dans cette main que voici, je tiens sa mort. Ces tranchants sont trempés dans le sang et touchés par la foudre ; je jure de les tremper en troisième lieu dans cet endroit chaud, sous la nageoire, où la baleine blanche sent le plus sa maudite vie !

— Alors, Dieu te garde, vieillard. Vois-tu ça ? Et le capitaine étranger montra le hamac. Je n'ensevelis qu'un seul des cinq hommes solides qui étaient encore vivants hier, mais qui sont morts avant la nuit. Celui-ci, je l'ensevelis ; les autres ont été ensevelis vivants ; vous voguez sur leur tombe.

Puis, se tournant vers son équipage :

— Etes-vous prêts ? Placez le corps sur la lisse et soulevez le cadavre ; c'est ça... Maintenant... Oh ! Dieu (il avança vers le hamac, les mains levées) ! Donnez-lui la résurrection et la vie éternelle.

— En avant ! Barre au vent ! cria Achab à ses hommes, vif comme l'éclair.

Mais le soudain départ du *Péquod* ne fut pas assez rapide pour échapper au bruit que fit le cadavre en tombant dans la mer, ni pour échapper aux embruns volants qui baptisèrent funèbrement sa coque.

Au moment où Achab s'éloignait du morne *Délice*, l'étrange bouée de sauvetage suspendue à l'arrière du *Péquod* prit un relief saisissant.

— Ho-hé ! regardez, les hommes, regardez là-bas, cria une voix de mauvais augure, dans notre sillage. Etrangers, vous fuyez vainement nos tristes funérailles, mais vous ne nous tournez le dos que pour nous montrer votre propre cercueil !

Et les jours se succédaient, Achab, les yeux fixés sur les vagues, montait une garde qui semblait éternelle. Il faisait doux. Le ciel et l'océan se confondaient. Au loin, tournait un oiseau blanc. Achab se pencha et son regard s'enfonça dans les flots comme s'il eût voulu en percer le secret. Des parfums montaient vers le vieil homme. La brise le caressait. Son cœur fondit, sa gorge se serra. Une larme glissa sur sa joue et tomba dans la mer. Achab avait pleuré de bonheur, peut-être de se sentir vivant au milieu de la nature aujourd'hui si aimante.

Starbuck s'était approché. Avec émotion, il avait aperçu la larme et n'avait fait aucun bruit pour ne pas déranger le capitaine. Mais celui-ci avait deviné sa présence.

— Starbuck !
— Capitaine !
— Starbuck, j'avais dix-huit ans lorsque j'ai harponné mon premier cachalot. Il faisait beau comme aujourd'hui. C'était la même lumière, le même vent, la même odeur... Et je pense à ce qu'a été ma vie... Un désert... Une immense solitude... Et j'ai épousé une jeune femme que j'ai laissée, que j'ai abandonnée au bout du monde pour obéir à mon démon qui me commandait de courir les mers... Quel fou je fus ! Et pour quel résultat ? Pour rien...

Vois où j'en suis... ni plus riche, ni meilleur... Avec une jambe en moins... Je me sens vieux, Starbuck, cassé, usé... Je pense à ma femme, à mon enfant... Starbuck, lorsque nous attaquerons Moby Dick, je ne veux pas que tu coures le risque avec moi... Tu resteras sur le pont.

— Capitaine, dit Starbuck ému, capitaine, je vous admire. Votre cœur est bon et grand. Laissez-moi vous dire que personne ne vous oblige à affronter la bête infernale. Laissons-la... Partons ensemble. Faisons demi-tour... Allons revoir notre famille. Il y a du beau ciel, du bon vent à Nantucket, tout autant qu'ici. Ecoutez-moi, capitaine ! Rentrons et tout le monde vous bénira.

— Oui, je vois ma femme et mon enfant ; il dort... dit Achab.

— Je vois ma femme, ajouta Starbuck, qui conduit, chaque jour, mon petit en haut de la colline pour qu'il aperçoive le bateau de son père... Rentrons, capitaine... Votre petit vous appelle... Il agite la main...

D'abord Achab ne répondit rien, puis son regard erra sur les flots. Il eut l'air de réfléchir profondément, puis il murmura :

— Qui me force à aller de l'avant ? A quelle puissance obéissent le soleil et les étoiles ? Nous vivons sans savoir... Je ne décide rien... J'obéis...

Starbuck, désespéré, s'éloigna. Achab fit quelques pas et alla se pencher à l'autre bord. Il vit, dans l'eau, la silhouette de Fédallah qui était venu le rejoindre.

Chapitre XIV

FACE A MOBY DICK

Nous devions rencontrer Moby Dick. Plus personne n'en doutait. Mais qui savait que notre terrible combat allait durer trois jours? La veille du premier jour, des signes avant-coureurs permirent au capitaine de deviner la présence de la bête blanche.

En effet, cette nuit-là, Achab, qui circulait sur le pont comme il en avait l'habitude, s'arrêta soudain et flaira l'air comme un chien flaire une piste.

— Il y a du cachalot par ici, dit-il.

Personne ne fut étonné. En effet, le cachalot

se signale parfois par son odeur, même à une assez grande distance.

Achab vérifia d'où venait exactement le vent et donna l'ordre au timonier de changer légèrement la direction du navire; en même temps, il faisait diminuer la voilure.

Lorsque le jour parut, Achab fit monter les vigies pendant que Daggoo réveillait les marins avec une telle furie qu'ils bondirent sur le pont, à peine habillés. Et Achab, excité, criait :

— Que voyez-vous? Voyez-vous le cachalot blanc?

— Non, rien, lui répondait-on du haut des mâts.

Alors, il monta dans sa «chaise» et se fit hisser dans la voilure. Il était à peine aux deux tiers de sa montée quand il hurla, comme un fou :

— Il souffle! Il est blanc! C'est Moby Dick!

Les marins s'élancèrent dans la mâture pour jouir du spectacle. Le monstre était là, tout blanc comme un tas de neige, à un mille à peine, et son souffle montait régulièrement dans l'air.

— Ah! Ah! disait Achab hors de lui, je l'ai vu le premier!

— Je l'ai vu... dit Tashtego.

— Pas avant moi! La pièce d'or est à moi! Personne ne devait le voir avant moi! Personne! Et regardez-le souffler!... Il souffle!... Il souffle!... Il va plonger. Qu'on prépare trois baleinières. Starbuck restera à bord. Il aura la garde du navire... Descendez-moi!... Plus vite! Plus vite!

— Il s'en va, dit Stubb. Je suis sûr qu'il ne nous

a pas encore vus.

Les baleinières mises à l'eau embarquèrent leur équipage et, toutes voiles dehors, marins rivés aux avirons, foncèrent sur Moby Dick. Achab était dressé à l'avant du canot de tête. Près de lui, Fédallah grimaçait avec dans les yeux une lueur étrange.

Les canots approchèrent de la bête qui ne manifestait aucun trouble, comme si elle ignorait leur présence. L'eau claire était plate comme une prairie et Moby Dick flottait, île blanche entourée d'une couronne d'écume sur laquelle tournoyaient des centaines d'oiseaux. Sur son dos, Moby Dick portait fièrement, comme une hampe, une lance brisée. La bête glissait, toujours nonchalante et majestueuse, paisible et douce, presque inoffensive. Et l'on comprenait pourquoi les marins, trompés par ce calme, n'hésitaient pas à l'attaquer. Ils découvraient alors que la bête couvait de terribles ouragans, comme une belle journée d'été cache les pires orages. Rares étaient ceux qui avaient échappé à sa colère.

Moby Dick avançait toujours. Jusqu'à présent, elle n'avait montré que son dos... Les yeux des marins s'agrandirent lorsque sa tête entière se dressa au-dessus des flots et que son corps immense apparut tout ruisselant. Sa queue battit l'air et le monstre plongea dans un bouillonnement effrayant. Le dieu avait disparu ; seuls les oiseaux volant au-dessus des remous témoignaient encore de sa présence.

Les baleinières avaient stoppé, voiles tombées et avirons rentrés.

— Nous en avons pour une heure, dit Achab dont le regard se perdait dans l'immensité du ciel. Moby Dick ne remontera pas avant. Nous l'attendrons.

Le vent s'était levé et la mer devenait de plus en plus houleuse. Tout à coup, Tashtego cria :

— Les oiseaux ! Les oiseaux !

Que se passait-il ? Les oiseaux survolaient le canot d'Achab et criaillaient joyeusement. Ils tournoyaient sans cesse, comme s'ils attendaient un retour espéré. Leurs yeux perçants avaient-ils décelé quelque signe dans les profondeurs glauques de l'océan ?

Achab, maintenant, essayait de percer le secret des flots. Il discerna d'abord une légère tache blanche qui grandissait, grandissait à une vitesse folle... Puis, il aperçut, juste sous le canot, une immense gueule ouverte comme un tombeau et garnie de dents redoutables... Moby Dick !

Achab fit tourner le canot pour fuir cette vision infernale et se mettre en position de combat. Il empoigna le harpon de Perth et commanda à ses hommes de se tenir prêts car, si ses calculs étaient bons, Moby Dick ne devait plus se trouver sous la baleinière, mais devant où on pourrait l'atteindre. La bête semblait avoir compris la ruse d'Achab. Elle se jeta de côté, heurta la baleinière et en saisit l'étrave entre ses dents blanches. Achab, qui n'avait pas bougé, voyait nettement l'intérieur de la gueule géante et ses parois bleutées. Le canot était secoué par la bête qui avait l'air de jouer avec lui comme un chat avec une souris.

Les hommes, effrayés, s'étaient rués à l'arrière

où ils s'étaient massés. Seul Fédallah était resté impassible et n'avait pas bougé. Les autres canots assistaient au drame sans oser intervenir.

C'est alors que l'on vit une chose prodigieuse. Achab, tout petit devant la tête de son ennemi exécré, Achab rendu furieux, s'attaqua à l'étau qui serrait son canot et saisit la mâchoire de Moby Dick. Que vouliez-vous que ses pauvres mains fissent au géant des mers ? Il eut beau frapper, le cachalot ne lâcha pas prise. Au contraire, ses mâchoires se refermèrent et le canot, craquant sous ses dents puissantes, fut coupé en deux. Ses deux bouts continuèrent à flotter, mais Achab fut projeté dans les flots. L'équipage cramponné à l'arrière faisait son possible pour s'éloigner de Moby Dick qui reculait doucement en plongeant, de temps en temps, la tête dans les flots écumeux. Puis, la baleine se mit à tourner autour de ses victimes qui voyaient, avec terreur, se resserrer le cercle infernal.

Les deux autres canots hésitaient à attaquer la bête dont la colère ne faisait qu'augmenter. Ils craignaient qu'elle ne se lance avec une force redoublée sur les malheureux marins dont la situation était déjà très précaire. Achab, pendant ce temps, se maintenait sur l'eau. Il était à moitié suffoqué et sa tête apparaissait comme une petite bulle dans l'écume. Fédallah le regardait, calme et indifférent. La tête du capitaine semblait être devenue le centre même de sa ronde. Les vigies du *Péquod* avaient vu toute la scène et Starbuck avait tout de suite dirigé le bateau vers le lieu de la tragédie. Il avait manœuvré si adroitement, qu'il était arrivé très près du lieu du drame. Achab cria :

— Lancez-vous dessus ! Attaquez-le ! Chassez-le !

Le *Péquod* obéit et entrava quelque peu la ronde du monstre qui s'écarta.

Ce court répit permit aux deux canots de se porter au secours d'Achab. Stubb parvint à le tirer dans le sien. Achab, presque noyé, défaillit et on dut l'étendre au fond du canot. Petit à petit, il reprit ses forces. On l'avait d'abord entendu gémir, puis ses plaintes se transformèrent en paroles, faibles encore, mais parfaitement compréhensibles.

— Le harpon est-il perdu ? demanda-t-il en essayant de se redresser.

— Non, dit Stubb. Nous l'avons.

— Placez-le devant moi... Merci... Avons-nous des pertes ?

— Non, capitaine, tous nos hommes sont sauvés.

— Aidez-moi... Il faut que je me lève... Ah ! Je le vois encore, le cachalot blanc !... Il fuit. Regardez son jet puissant... Ah ! Mes forces reviennent... Tendez les voiles, reprenez les avirons !... En avant !

Il était visible que Moby Dick s'éloignait à toute vitesse. Nos canots surchargés ne pourraient jamais le rejoindre. Le mieux était de retourner au *Péquod* et de se mettre dans le sillage du monstre.

Nous le fîmes et la poursuite reprit. Les hommes de vigie annonçaient régulièrement qu'ils apercevaient l'animal lorsqu'il soufflait son eau. Achab, surexcité, arpentait le pont, écoutant les veilleurs.

Parfois, il se faisait hisser dans sa « chaise » et inspectait lui-même l'océan pour retrouver son ennemi. Quand il redescendait, il s'arrêtait devant les débris de sa baleinière, que l'on avait laissés sur le pont, et les regardait longuement en méditant. Son visage était de nouveau fermé et son œil s'était assombri.

Le premier jour touchait à sa fin.

— Je ne vois plus rien, cria un des veilleurs.

— C'est bien, dit Achab. La bête va ralentir. Il ne faut pas que nous la dépassions. Nous la retrouverons demain matin. La pièce d'or m'appartient, mais je ne la prends pas encore... Le premier qui signalera le cadavre de Moby Dick l'aura et, si c'est moi, je vous en donnerai dix fois plus.

Le lendemain connut les mêmes préparatifs. Les trois guetteurs montèrent dans leur nid-de-pie et Achab, aussitôt, leur cria :

— Voyez-vous Moby Dick ?

— Non, capitaine.

— Alors, qu'on hisse toutes les voiles ! Le cachalot blanc nous a distancés, mais qu'importe, nous le rattraperons et la bataille sera d'autant plus belle !

De telles poursuites obstinées ne sont pas rares sur les lieux de la pêche où les marins semblent deviner les intentions de la bête. Ils connaissent sa vitesse, sa manière de fuir, son humeur même, mais pour mener à bien leurs efforts, il faut que le vent et les flots soient propices. Que voulez-vous faire de bon dans la tempête? Ce n'était pas notre cas et la vitesse du *Péquod* était telle que Stubb criait son étonnement et sa joie.

— Quel gaillard, ce navire! disait-il. Il navigue aussi vite que galope un cheval.

Le discours de Stubb fut interrompu par une voix remplie d'émotion, venue du haut des mâts.

— Je le vois! Il souffle! Droit devant nous! Je le vois!

— Ah, ah, ajouta Stubb. Nous le tenons! Cela devait arriver. Je le savais... Tu peux souffler et cracher... Achab va décider de ton sort. Ton affaire est réglée... Tu ne lui échapperas pas...

Nous étions au second jour de notre vraie bataille avec Moby Dick et ce que disait Stubb était l'opinion même de tout l'équipage. Tous les marins étaient excités. L'aventure les grisait et personne ne pensait plus aux craintes d'avant, aux présages, aux sombres pressentiments qui nous avaient parfois tracassés. Achab nous dominait, son âme était devenue la nôtre. Le bateau aux voiles gonflées, le vent qui ressemblait au souffle même de notre destin, tout ne faisait qu'un bloc ardent. Il n'y avait plus trente marins, mais une seule volonté tendue vers la bataille. Les vergues, les mâts étaient garnis d'hommes impatients et le navire, en les balançant, ressemblait à un arbre couvert de ses fruits.

— Pourquoi ne criez-vous plus? demanda Achab. Je vais vous rejoindre. Je veux voir de mes propres yeux. Si Moby Dick n'est plus là... c'est que vous

vous êtes mépris... Il ne peut disparaître aussi vite !

Achab avait raison. Le guetteur s'était trompé, mais un spectacle étonnant allait nous être offert...

Le guetteur n'avait pas aperçu le souffle paisible du cachalot puisque celui-ci se trouvait au fond de la mer. Maintenant, il remontait comme une balle, à une vitesse folle. Il bondit, tout entier, dans les airs, juste devant le navire. Une montagne d'eau et d'écume fut soulevée par son corps géant.

— Il nous provoque, dit Achab pendant que les marins hurlaient. Tu peux sauter vers le soleil, mon harpon ne te ratera pas. Allons, les hommes !... Aux chaloupes ! Aux chaloupes ! Mise à l'eau ! Toi, Starbuck, je te laisse le commandement du bateau... Ne te tiens pas trop près des baleinières pour ne pas gêner leurs manœuvres... Mais pense à nous secourir si besoin était.

Les trois baleinières s'élancèrent. Celle qui avait été brisée, avait été remplacée par une embarcation de rechange. Achab occupait celle du milieu.

Soudain, on vit Moby Dick faire volte-face et s'élancer vers les équipages. De poursuivi, le cachalot devenait agresseur.

— Courage ! cria Achab. Je vais l'attaquer de front.

La manœuvre était audacieuse, mais au fond excellente, car il arrive un moment où l'énorme bête n'aperçoit plus l'ennemi qui est juste devant elle. Le cachalot, comme s'il eût compris la ruse des pêcheurs, se lança sur les barques qu'il attaqua de tous côtés malgré les fers qui s'enfoncèrent dans sa chair. Les canots manœuvraient avec adresse, ils parvenaient à éviter les coups de la terrible queue. Achab poussait des hurlements qui avaient quelque chose de surnaturel.

Les harpons de trois canots avaient atteint Moby Dick, mais les sursauts de la bête avaient emmêlé les filins de telle manière que les baleinières tenues à la bête s'en rapprochaient dangereusement.

Achab essaya de démêler le fouillis et, n'y parvenant pas, dut se résigner à trancher le câble qui l'unissait à Moby Dick. La barque libérée prit du champ. Il n'en fut pas de même pour les deux autres qui, rabattues sur la queue du cachalot furent culbutées et brisées. Les marins, perdus dans l'eau bouillonnante, nageaient çà et là en essayant de s'agripper aux épaves qui flottaient autour d'eux. Flask faisait tout son possible pour échapper aux requins. Stubb criait à l'aide.

Dans tout ce chaos, Achab restait lucide et allait voler au secours de ses hommes lorsque Moby Dick, qui avait plongé, remonta une nouvelle fois des profondeurs de la mer, et son dos puissant fit voler en l'air la barque demeurée intacte. Achab et ses marins furent précipités à la mer. La bête rôda encore quelques instants sur le champ de bataille, fracassant ce qu'elle pouvait atteindre : débris de planches, avirons ou engins de pêche. Puis, s'estimant sans doute satisfaite, elle s'éloigna, sans se presser, en entraînant avec elle les nœuds inextricables des harpons et des fils.

Du *Péquod*, on s'en doute, on avait tout vu. Il se hâta d'arriver sur les lieux du drame, mit un canot à la mer et commença à repêcher tout ce qui pouvait l'être : hommes, avirons, lances, etc. Les poignets foulés, les épaules luxées, les coups, les articulations démises ne se comptaient plus, mais il n'y avait pas mort d'homme.

Achab fut ramené en meilleur état que la veille, Dès qu'il fut sur le pont, il s'appuya sur le bras de Starbuck, son sauveur. La jambe d'ivoire était brisée.

— Rien de cassé ? demanda Stubb.

— Si, dit Achab, je suis tout en miettes et pourtant invulnérable... Hé ! Les vigies !... Où est la bête ?... Qu'on reprenne la poursuite !... Qu'on sorte les canots de rechange... Starbuck, rassemblez tous les hommes... Qu'on me donne une canne, un bout de lance...

A l'appel, on constata que Fédallah manquait et sa disparition affecta fort le vieil homme. Un peu avant la tombée de la nuit, Moby Dick était toujours en vue. Sur le navire, c'était le grand branle-bas. Le charpentier avait confectionné une nouvelle jambe et les hommes fiévreux préparaient les harpons pour les prochains combats.

Le troisième jour, tout se passa comme avant. A l'aube, Achab interpella les guetteurs. Mais le monstre ne fut rejoint qu'après midi. Tout fut réglé une nouvelle fois et des canots furent mis à la mer.

Avant d'y descendre, Achab eut, avec Starbuck, une ultime entrevue. Starbuck essaya de dissuader le vieillard d'affronter Moby Dick : il avait montré son invincible puissance. Ce fut peine perdue.

Achab partit à l'avant d'une baleinière qui, dès l'instant où elle quitta le *Péquod*, fut entourée par des requins. Etait-ce un nouveau présage ? Seul le canot d'Achab fut attaqué. Le cachalot blanc avait disparu, mais, comme l'autre fois, il ne tarda pas à surgir du fond de l'océan et à faire, dans l'air, un bond prodigieux. On le vit, comme un dieu, couvert d'armes... Les hommes semblaient pétrifiés.

— A l'attaque ! cria Achab.

Le cachalot blanc, que ses blessures faisaient sans doute cruellement souffrir, se lança vers les canots et les dispersa. Celui de Flask eut son avant défoncé. La bête revint à la charge, et c'est alors, qu'avec horreur, les marins virent distinctement qu'elle portait sur son dos blanc le cadavre de Fédallah enroulé dans les filins...

Achab avait frémi, mais rien dans sa volonté n'avait faibli.

— Que les canots abîmés rentrent et qu'on les répare ! Je ferai bien seul... Et que personne ne me désobéisse, car je n'hésiterai pas à me servir de mon harpon !

La poursuite reprit plus aisément, le cachalot semblait fatigué. Achab était toujours escorté de requins qui mordaient ses avirons en leur arrachant de larges morceaux.

— Courage ! criait-il. Il ne nous échappera pas.

La bête s'était arrêtée. Le canot longea son corps immense et Achab, en criant une malédiction, de toutes ses forces la harponna.

La bête roula sur elle-même, se dressa soudain, toucha le canot dont trois des occupants culbutèrent à la mer, puis fila, droit devant elle, à la vitesse d'une flèche.

Achab restait maître de la situation. Il donnait aux barreurs ses ordres calmement. Ah! cette fois il le tenait, son exécrable ennemi. Mais sa joie fut de courte durée... Le filin trop tendu céda tout à coup.

— Tout est à recommencer! cria Achab. Qu'importe! En avant!

Mais le canot ne répondait pas aux coups d'avirons des marins. Il prenait l'eau et son équipage fut bientôt en danger.

Mais alors, Moby Dick dédaigna la baleinière et c'est vers le *Péquod* que le cachalot fonça. La rencontre fut terrible. La coque du navire s'entrouvrit sous le choc et l'eau s'y engouffra avec fracas. Les hommes furent renversés.

— Le navire! hurla Achab. Il sombre!

Moby Dick, qui avait glissé sous la coque du navire, réapparut non loin de la baleinière, elle aussi en perdition.

— Je t'aurai! cria Achab, qui planta son fer dans le flanc blanc.

Le filin se dévida, tiré par la bête. Il happa au passage le capitaine Achab qui, pour toujours, fut entraîné dans les abîmes. Les marins, figés, n'avaient pu intervenir. Quand ils cherchèrent le navire qui aurait pu les secourir, ils ne le trouvèrent point. Le *Péquod* était descendu où se trouvait son maître.

Chapitre XV

EPILOGUE : LE SURVIVANT

Je fus le seul survivant.

Le destin me désigna pour être le rapporteur de cette histoire ; comme Job le dit : « Et moi seul j'échappai, pour venir te le dire. »

En flottant à l'écart, j'avais assisté à toute la scène. J'étais attiré lentement par la succion du gouffre où s'engloutissait le bateau. Je me mis à tourner et tourner, approchant toujours plus de la boule noire du centre.

Au moment où j'arrivais, elle éclata et fit remonter le cercueil-bouée qui retomba et flotta près de moi. Je m'y cramponnais. Il me porta deux jours durant, puis je fus recueilli par le *Rachel* qui cherchait toujours ses enfants.

Il recueillit un orphelin, en me sauvant.

Table des matières

© Editions HEMMA
Dépôt légal: 11.92/0058/294

ISBN : 2-8006-3108-2

N° d'impression : 10839210